講談社文庫

野良猫を尊敬した日

穂村 弘

講談社

野良猫を尊敬した日◉目次

野良猫を尊敬した日

穂村弘

天職の世界の人々

天職に憧れていた。自分はこれをやるために生まれてきたんだ。心からそう思えるものが見つかったら、迷いも悩みも吹っ飛ぶにちがいない。また、使命に全力を投入するという喜びの前には、他の小さな欲望など溶けてなくなってしまうと思う。想像しただけでうっとりだ。

私から見て、そういう次元で素晴らしい活動を続けているクリエイターに会うと、眩しくてどきどきする。いろいろ話を聞いて参考にしたいと思うのだが、実際に目の前にすると、何故だか、言葉が出てこない。横尾忠則、宇野亞喜良、荒木経惟、大竹伸朗……、彼らの佇まいからは不思議なことに天職を求めて彷徨《さまよ》った形跡が感じられないのだ。

「もしも、今のジャンルと出会っていなかったら、どうしていたと思いますか」とか「この道で食べられなかったら、という不安はありませんでしたか」とか、尋ねる気持ちになれない。質問の意味が通じないんじゃないか。彼らを見ていると、脳や心というよりも細胞の一つ一つがギンギンに「そうでしかありえない」感じなのだ。もしや、そういう人しか天職にはつけないのか。

荒木さんには一度だけ質問したことがある。

「あの、スランプとか迷いって一切なかったんですか」

「そんなこと考える隙間がないよ。朝、写真が撮りたくて目が覚めるんだから」

やっぱり、と思った。彼の表情や言動を見ていれば、そうなんだろうな、ということはびりびり伝わってくる。

天職の世界の住人たちに出会ったことで、私はますます不安になった。もしかして、全ては生まれつきなのか。最初から迷いなく自分のジャンルに向き合えない人間は所詮は駄目ってことなのか。だとしたら、文筆で食べていけるかどうかずっと自信が持てなくて、十七年も会社員をやっていた私のような人間は、どうあがいても眩しい天職の世界へは踏み込めないのか。

でも、と思う。仮にそれが真実でも認めるわけにはいかない。生まれつきギンギンに別次元な人じゃなくても向こう側に行ける、と信じるしかないのだ。不安と迷いに充ちたルートからも梯子《はしご》を掛けられることを証明したい。

去年、山田航くんという若い歌人と対談をした時のこと。トークが終わって、最後の質疑応答の時間に、客席からこんな質問を受けた。

「もしも、短歌と出会っていなかったら、どうしていたと思いますか」

えー、どうだろう、と私は思った。が、隣に座っていた山田くんは即答した。

「自殺していました」

会場がどよめいた。私は、あーっと思った。こんな身近にも天職ギンギンの人がいたのか。この答えの後では、どんな言葉も力を失ってしまう。現に、「何か他ジャンルの書き物をしていたと思います」という私の発言は、ふわふわと宙を漂ってどこかに消えてしまった。誰にも届かない。その言葉は嘘ではない。だけど、それだけじゃ駄目なんだ。

カエル王子の恋

恋愛という一つの言葉で表現されていても、その動機や内容には大きな個人差があると思う。仲の良い恋人同士も、実はそれぞれが全く別のゲームをしているのかもしれない。互いにばらばらの世界を見ていて、だからこそ仲が良い、ということだってあり得るんじゃないか。

私にとっての恋愛は「自己実現への近道」だった。本当になりたい自分になるには地道な努力がいる。それ以前に才能が必要かもしれなくて、とてもがんばれる気がしない。そう感じた私は、ほとんど無意識のうちに「自己実現への近道」をいつも探していた。例えば、中学の時は制服のポケットにいつも将棋の桂馬を入れていた。謎のおまじないである。何故、王や飛車や金や香車ではなかったのか。たぶん、それらの駒に較べて、桂馬はより遠くへ不思議な跳び方をするからだろう。近道のイメージとかぶったのだ。もちろん、なんの効果もなかった。

やがて、私はもっといいルートがあることに気づいた。恋愛である。魅力的な女性とつきあうことさえできれば、一気に望みが叶う。才能がなくても努力しなくても、峰不二子に愛されれば自分もルパン三世になれるはず、という考えだ。親の七光りという言葉があるが、恋人の場合は何光りというのだろう。

だが、一つ問題がある。そんな素晴らしい恋人をどうやって手に入れるのか。そこで考えたのは、カエル王子作戦だ。今、私はカエルの姿をしているけれど、実は王子なのです。悪い魔法使いによって、カエルに変えられてしまいました。お姫様がキスしてくれれば元の王子様に戻ることができます。という雰囲気を漂わせるのだ。アホか、カエルふざけんな、と思われても当然だ。成功の確率は低い。だが、ゼロではない。元ネタのグリム童話でも、三人姉妹の長女と次女には相手にされないけど、末っ子のお姫様にキスして貰えるのである。世の中にはそういうタイプ、つまり、自分だけがこの人の真価を知っていると感じやすい人、が一定数存在するんじゃないか。カエル王子作戦は或る程度の効果をあげた。ただ、私は王子にもルパンにもなることはなかったから、急速に或いは少しずつ失望されて最後にはふられることになった。十年つきあった相手に、とうとうカエルのままだったね、という意味のことを云われた時はこたえた。

そんな或る日、私は一冊の本に出会った。

手紙には〈浴室に愚かなろばがひそんでいる。それがまた王子の姿に戻るのには、美女に接吻してもらうことが必要だ〉。ドアの陰から部屋に出て行った。スーザンが手紙をおいてこちらを向き、私を見た。無表情に歩いてきて、私の口にチョンと接吻をした。一歩さがって、私を見回した。首を振った。「効かなかったわ。あなたは、相変わらず愚かなろばだわ」

「今の接吻のヴォルテージが低すぎたんだ」私がいった。「ろばを美男子の王子様に変えるのには、猛烈な努力が必要なんだ」

「もう一度、やってみるわ」（略）接吻は続いていた。見ると、スーザンはまだ目を閉じていた。

私が口を離して、いった、「プリモス・プランテイションへ行くかい？」

目を開けて私を見た。「どこへでも行くわ。あなたは、まだ愚かなろばだけど、わたしのろばよ」

『約束の地』（ロバート・B・パーカー）

なんというなんという……「わたしのろばよ」。どこまでも自分に都合が良すぎるのはわかっている。でも、憧れる。このシーン、何十回も読んでしまった。

ケーキ殺し

ケーキを壊してしまったことがある。もちろん、わざとではない。運んでいるうちに、いつの間にか崩れてしまったのだ。お店で箱に入れて貰って、ケーキの姿が見えなくなると、私の脳みそは、それが壊れやすいものだということを忘れてしまう。その結果、普通に運んで、自然に崩れてしまうのである。私の普通はとても乱暴だから。

ケーキの魅力は味だけではない。見た目の美しさや雰囲気の可愛らしさがとても大切だと思う。その特性があるからこそ、お茶会であれ、パーティであれ、その場の主役になり得るのだろう。

ケーキが運ばれてくる時、みんなの期待が高まる。熱い視線の中で、箱が開けられた瞬間、「ああっ」「えー」「嘘」と一斉に失望と非難の声が挙がった。悲鳴に近いものもある。その無惨な姿に、犯人の私自身もショックを受けて目の前が暗くなる。やってしまった。せっかく盛り上がった場がぶちこわしだ。「いいよいいよ、味は変わらないよ」と云ってくれる人もいるけど本心ではないだろう。フォローされればされるほど胸が痛む。

そんなことが何度もあった。その時は心から後悔するのに、また繰り返してしまう。お店で箱に入れて貰って、ケーキの姿が見えなくなると、私の脳みそは、それが壊れやすいものだということを忘れてしまう。ふざけるな、そんな馬鹿なことがあるか、と云われても、あるのである。

壊れないケーキはないものか、と思ったこともある。探せばあることはあるんだろう。でも、たぶんいまひとつだと思う。私は知っている。ケーキの魅力は、あの壊れやすさにもあるのだ。

話は変わって、三十五年前に大学受験の下見に行った時のこと。

義理の叔父の車で北海道大学を案内して貰って、それから二人で近くの喫茶店に入った。叔父とは云っても血の繋がりはないし、ほとんど初対面に近い人だ。しかも無口。奇妙な緊張感の中で、私たちは向かい合っていた。やがて珈琲が二つ運ばれてきた。叔父はスプーンでカップの中身をくるくると回し始めた。それからスプーンを抜いて、端っこにミルクを細く垂らす。と、黒い液体の表面にゆっくりと白い渦巻が現れた。

私の目は釘付けになった。かっこいい、と思った。ほとんど喋らない彼のことが好きになった。その後、何度も真似をしてみた。でも、私がやると何故か綺麗な渦巻にならない。かっこいいことをするんだ、という意識が強すぎるのかもしれない。

自らの手で幻のような美しさを生み出す。そんな行為に憧れる。でも、うまくいかない。それどころか、誰かが作った美しいケーキを、楽しみにしているみんなの元に壊さずに運ぶこともできないのだ。

片思い

高校一年のとき、クラスに好きな女子がいた。なんとなく気が合って、ときどき口をきく間柄だったが、それ以上になれる可能性がないことはわかっていた。相手は学年でも有名な美少女。剣道部のエースでもあり、トレードマークの赤胴を着けて戦う姿がたまらなく凜々しかった。一方、私は運動も勉強も冴えない地味な男子。ときどき話ができればそれでいいと諦めていた。

彼女は剣道部の顧問の体育教師のことが好きらしかった。確かに若くて格好いい。おまけに性格も優しくて一般の生徒たちにも好かれていた。私もいい先生だと思っていたから、いっそう絶望は深かった。

或る日、何かの弾みに、その先生の出身校について、彼女と賭けをすることになった。先生の母校として、彼女は文武両道の大学の名を挙げた。一方、私はスポーツしか取り柄のない阿呆大学に賭けた。嫉妬があったのだろう。

賭けに負けた方が罰ゲームをする約束だ。その内容は、既に夏服の季節になっていた学校に、一人だけ冬の制服を着てくるというものだった。私が負けたら詰襟の学ランを、彼女が負けたら冬用のセーラー服を着てくる。しかもその理由を誰にも説明してはいけないというルールである。

結果は私の勝ちだった。先生は若くて優しくて、ちょっと阿呆だったのだ。だが、賭けに勝ったところで、喜びはない。彼女の気持ちが私に向くわけではない。ただ虚しいばかりである。

翌日、初夏の明るい教室に、一人だけ冬のセーラー服で登校してきた彼女は美しかった。秘かに息を呑んで見つめてしまう。「どうしたの?」と友人たちに話しかけられても「何でもないの」と微笑んでいる。約束通り、「何でもないの」と。ほんの数メートル先の、その笑顔が無限に遠かった。

どこに行けば君に会えるということがない風の昼橋が眩しい　　永田　紅

シンジケート

一九九〇年の春の夜のこと。ベッドでぼんやりしていたら、不意に気がついた。あと二年で二十代が終わる。そして、愕然とした。このままでは何もしないうちに、三十歳になってしまう。いや、もしかしたら、自分は一生何もしないんじゃないか。まさか。でも。考え出すと、不安でたまらない。

私は会社員だった。本当は物書きになりたかったけど、働かないとお金が貰えない。通勤は片道一時間四十五分。毎日終電で帰って、眠るまでの間に三十分くらい短歌や文章を書くという生活だった。

そして、ずっと待っていたのだ。或る日、自分のもとに届くはずの一通の手紙を、一本の電話を。

「あなたには才能がある。前からすごいと思っていました。本を出版しませんか」

でも、待っても待ってもどこからも連絡が来ない。ポストに入ってるのはチラシだ

のか。電話は鳴らない。おかしい。どこかで誰かが必ず見てる、はずじゃなかったの
か。見てる人、僕はここにいるよ、見つけて、早く、早く。でも、何も起きない。時間だけがどんどん過ぎてゆく。残業、残業、残業、爆睡。もしかして、本当は、見てる人なんていないんじゃないか。一生このままなんじゃないか。どこかで誰かが必ず見てる、って云ったのは誰だ。どうしてそんなひどい嘘を。

自費出版しかない。そう思って、暗くなった。私より若い作家たちが次々にデビューしているのに、自分でお金を払って、千部に充たない短歌の本を作り、そして、たぶんほとんど誰にも読まれることはない。

でも、他に道はなかった。友人が編集者として勤めていた出版社にお願いした。その人は「大丈夫」「あなたには才能がある」と何百回も云ってくれた。それが無かったら、私の心はもたなかったと思う。

自分の歌集を出版するために、就職してからの三年間で貯めた百万円を全部使った。貯金がゼロになって、その代わりに私の手元に一冊の美しい本が残った。タイトルは『シンジケート』。

終バスにふたりは眠る紫の〈降りますランプ〉に取り囲まれて

サバンナの象のうんこよ聞いてくれだるいせつないこわいさみしい
体温計くわえて窓に額つけ「ゆひら」とさわぐ雪のことかよ

ほとんど反響はなかった。私は絶望して、すべてに無感覚になった。だが、半年後、新聞の文芸時評に『シンジケート』が紹介された。無名の作者の自費出版の歌集なのに、と驚き、「三億部売れてもおかしくない」という言葉に目を疑った。執筆者は作家の高橋源一郎さんだった。

見てる人はいた。でも、神様のように見てるわけじゃなかった。見てる人の視界の中まで、こちらから、よろよろとよろめきながらでも出て行かないと駄目なのだ。しかも、それを何度も何度も、生きている限り繰り返すしかない。初めての本作りを通じて、私はそのことを知った。

『シンジケート』は、三億部売れなかった。ほとんど売れなかった。私が会社を辞めて専業の歌人になったのは、それから十五年後のことである。

自分に忠告

夜、布団のなかでとろとろと眠りに落ちながら、いろいろなことを考えるともなく考える。はっきり目覚めているときには思いつかないような、奇妙なアイデアが意識に上ってくるのが面白い。

たぶん、昼間の自分を縛っている目的意識とか効率とか羞恥心といったフレームが、微睡《まどろ》みのなかでは緩んでいるためだろう。

先日考えたのは、過去の自分に忠告できるとしたらどうするだろう、ってことだ。幾つかの候補が頭に浮かぶ。

その1「英語のヒアリングはちゃんとやっておけ」

私は英文科を卒業したのだが、勉強に熱心ではなく、さぼってばかりだったので、全く聴き取りができない。今になって旅行や仕事のときに困っている。いかにも友達になれそうな人から英語で話しかけられても、何を云われてるのかわからなくて、にこにこするしかないのが悔しい。

そうは云っても少しはわかるんでしょう、と云われるが本当に駄目。以前、自分が翻訳した絵本の原作者が来日したとき、仮病を使って逃げてしまったほどだ。いくら会話と翻訳は別と云っても、翻訳者が通訳を連れて現れたのでは、相手も不安になるだろう。大切な作品をこいつに任せて大丈夫なのか、と思うにちがいない。と想像したら、どうしても体が動かなかったのだ。

その2「すぐ眼科に行け」

数年前に人間ドックで緑内障が発見された。これは治らない病気の一種で、点眼によって眼圧を下げることで進行を遅らせるしか手がないらしい。ということは、少しでも早くみつけて治療を開始すればするほど失明のリスクは少なくなる。病気そのものが避けられないなら、せめてより昔の自分に伝えておきたいのだ。

他にも「その道はやめろ」とか「そいつに関わるな」とか、リスク回避用の忠告を幾つか思いついたけど、なんだかどれも地味というか決め手に欠ける。でも、決定的なものを思いつかないのは幸福ってことなのかもしれない。

それに現在の自分が万能だと思ったら大間違いだ。「その道はやめろ」と忠告しても、もしかしたら別の道にはもっと大きな災難が待っていたかもしれない。

そのとき、全く別の考えがふっと浮かんだ。

その3「それが最後の会話になるから、ちゃんと目を見て話せ」

五年前のこと。実家から帰ろうとしたとき、目が不自由でいつもは奥の部屋から出てこない母親がよろよろと現れた。手に何かをもっている。

私の靴下。いや、鍋摑みだったかもしれない。はっきり思い出せないのだ。とにかく、「これを持っておいき」と云うので、「はいはい」と受け取った。

それから彼女は何か云った。「その靴下は暖かいから」。いや、「鍋を摑むとき便利だから」だったろうか。

さらに「栄養のあるものを食べて。車に気をつけて帰るんだよ」等々、例によって一通り心配しないと気が済まないようだ。

「うるさいなあ、もう」と私は思っていた。でも、口では一応「ありがとう」と云った。棒読みだったけど、とにかく御礼の言葉だ。あとから、あのとき「うるさい」と云わなくてよかった、とほっとすることになる。その数日後に母が亡くなったからだ。

しかし、母の目を見ていなかった、のだと思う。意識してなかったけど、今頃「ちゃんと目を見て話せ」なんて思いつくってことは、心のどこかでそれを気にしていたのだろう。

でも、それなら何故、自分への忠告の言葉が「精一杯、親孝行しておけ」ではないのか。それは、たぶん、大変だからだな、親孝行は。過去の自分も、そう云われても困るだろう。心を丸ごと入れ替えろと云われるようなものだ。

でも、あの夜、あの玄関で、母の目を見るだけならできる。それならできたんだ、などと考えているうちに、いつの間にか眠りに落ちていた。

人間のピーク

思い返せば、〇歳から十歳くらいまでの成長は我ながら凄かった。体の大きさは何倍にもなり、できなかったことがどんどんできるようになった。喋るとか歩くとかトイレに行くとか洋服を着るとか自転車に乗るとか。小学生の頃は、身長は計るたびに伸びているものだと思っていた。

十歳から二十歳までの間もかなり成長した。体が何倍にもなるというようなことはなかったけれど（あったら大変だ）、主に知的な領域で、文章を書くとか計算をするとか、いろいろ複雑なことができるようになった。また、電車を乗り継いで目的地に行くとか店員さんのアドバイスをきいて洋服を買うとか、社会的な行動も身についた。

結論としては、〇歳から二十歳までの自分は凄かった、ということになる。成長に次ぐ成長。爆発的に進化する生命体だ。もしもあのままのペースで、さらにその後の二十年、つまり二十歳から四十歳までの間も成長し続けていたら、と想像してみる。現在の私は大変な存在になっていただろう。

だが、そうはならなかった。いつの間にか成長が止まったからだ。計るたびに身長が伸びているというようなことがなくなり、知的な成長も見えない手によってブレーキがかけられたかのように鈍くなっていった。

自分の能力について、今ではかなりのことがわかっている。例えば、私の英語力は受験勉強をやり直して別の大学に再入学した二十歳の時がピークだった。また、50メートル走は6秒5で走れた高校一年のときが生涯で最も速かった。

でも、それぞれの時点では今がピークだとは夢にも思っていなかった。二十歳の私は、将来はもっと英語ができるようになって、原書で本を読み、外国人と談笑していると予想していた。

ところが、今の私は海外旅行の間、ずっと妻の背後に隠れている。ホテルのチェックインやレストランのオーダーなど、全ての英語のやり取りを彼女に押しつけて逃げているのだ。二十歳の私が時間望遠鏡を覗いてこの姿を見たら、一体何をやってるんだ、とショックを受けるだろう。でも、これには事情がある、というかなんかわからんけどこうなっちゃった、というかすまん。とにかくあの後、成長しなかったんだよ。

高校一年の私は50メートル走について将来的な展望を持っていたわけじゃない。それでも、タイム以前に50メートルを走ること自体ができなくなるとは想像もしていなかった。でも、現実に今の私に50メートルの全力疾走は不可能だ。

そんな足腰の弱体化を思い知ったのは、或る夕方のことだった。私は近所のコンビニエンスストアで５００㎖の牛乳と珈琲豆とピーナッツチョコを買って帰宅した。玄関で靴を脱ごうとしたとき、不意にバランスを崩した。そのまま倒れかかるのを何とか堪えようとして、室内に踏み込んだ足の下で「ボン」という破裂音がした。辺り一面に白い液体が飛び散った。牛乳だ。

それは非現実的な光景に見えた。しかし現実。よろけて倒れ込んだ私の足の下にたまたまコンビニの買物袋があった。全体重を受けた牛乳のパックは耐えきれずに、その口から５００分の４５０㎖ほどを噴出してしまったのだ。ビニールの袋も惨事を防いではくれなかった。床に置かれていた郵便物や雑誌それから玄関の靴たちも全て牛乳まみれだ。

私はそのまま足で、つまり履いていた靴下で床を擦り始めた。すりすりすりすり。びちゃびちゃびちゃびちゃ。何やってるんだ。こんなことをしても駄目だ。ちゃんとタオルを持ってこないと。わかってるけど行動に移せない。足腰のみならず心まで弱くなっている。私の心の強さのピークはいつだったんだろう。そこを過ぎたら後は退化するだけなのか。ふわふわと考えがまとまらない。これはピーク後の世界への絶望だ。馬鹿。変な理屈をつけて逃げるな。身長の伸びと英語や足腰はちがうだろう。大事なのは努力だ。まだ間に合う。まだ。そうだ。英語とウォーキングやらなきゃ。英語とウォーキング。英語とウォーキング。英語とウォーキング。牛乳を吸って重くなった靴下をじゃーっと絞りながら、私の心はその言葉を呪文のように繰り返していた。

記憶壺

固有名詞、特に人名が出ないことが増えてきた。出ない、というのは思い出せないという意味だ。その人の名前を私は知っている。脳という記憶壺のどこかに、確かにそれは眠っている。なのに、どうしても出てこない。どこにしまったのか。どうすればみつかるのか。その人の顔はこんなにはっきりと浮かんでいるのに。記憶壺のなかでは顔と名前がばらばらになってしまうらしい。

これが私だけの現象ではないことが唯一の救いだ。先日も、友人たちと三人で喋っていて、全員が知っている筈の有名人の名前をどうしても思い出すことができなかった。

「ほら、あのサッカーの、昔のストライカーで」「あの人でしょ。カズよりずっと前で」「うん、奥寺よりもっと前の」「そうそう、凄かった人」「オリンピックの得点王にもなった」「確か今も国際試合での最多得点記録をもってるんじゃない?」「うんうん、なんだっけ」「太腿がすごくて」「それはみんなすごいけど」「嗚呼、顔はわかるんだけど」「あたしも」「僕も」

ここまで近づいていながら、とうとう最後まで正解に辿り着けなかった我々は、敗北感で一杯だった。「彼」の話題はたまたま流れのなかで出ただけで、話の本筋には関係がなかった。でも、いったんこうなると、思い出すまで先に進めないような気持ちになるのだ。

友人たちと別れた後の電車のなかで、なんの前兆もなく、ふっと正解が浮かんだ。釜本。そう、釜本だよ。ふう。きっと今頃、他の二人も思い出してるんじゃないか。釜本。釜本。

こんなケースなら、思い出せなくても激しくもやもやするだけで、それ以上の実害はない。本当に困るのは、何かの会合などで知人に遇って「あ、知ってる人だ。でも名前が思い出せない」というときだ。

思い出せないまま、その人と喋っていると、非常に焦る。誰だっけ。誰だっけ。思い出さなきゃ。どうしても思い出せないなら、そのことを悟られる前に話を切り上げたい。などと、くるくる考えていると、挙動不審になって、結局相手に気づかれてしまう。

率直な相手だと「私、誰だかわかります？」などと訊いてくることがある。「え、●●さんでしょう？」と、さも当然そうに答えながら、心のなかで冷や汗が滝のように流れる。まさにその寸前に思い出したのだ。よかった。もし、一秒遅れていたら、ああああ。

でも、と私は考える。本当のことを云えば、思いの強さや関係性と、記憶とは必ずしも連動してはいないんじゃないか。身近な人だから覚えているとか、大事な人だから忘れない、とは限らないと思うのだ。

いつだったか、妻が宅配便の伝票に私の本名の漢字を書き間違えたことがあった。でも、さほどショックは受けなかった。自分も彼女の名前を書くとき、一瞬、漢字に自信がなくなることがあるからだ。と、いくら力説しても現に忘れられた知人からすると、云い訳にきこえるだろうなあ。

それにしても、大昔のアイドルの名前などは、決して忘れないのは何故なのだろう。特にファンというわけでもなかったし、今の私の生活には全く無縁。でも、記憶壺の「良い場所」にしっかり収まっているらしいのだ。身近で大事な人でも思い出せないことがある、のまさに逆パターンだ。

例えば「アグネス・チャンの本名＝チャン・メイリン」とか「イルカにのった少年城みちる＝ひまわり娘伊藤咲子の恋人」とか「天地真理が今までいちばん恥ずかしかったこと＝大人になってからお尻に注射を打たれたこと」とか。

最後のエピソードは子供の私にとって刺激が強かったから、記憶に焼き付いたものかもしれない。にしても一人一人に記憶壺のスペースを割き過ぎじゃないか。これらの情報のせめて一部を消去して、空いたスペースを現在の自分が関わっている人々用に使いたい。でも、いくら本人が希望しても、そうはならないのだ。

ジャニーズやＡＫＢ48に夢中の若者の皆さん。特別に好きなメンバーのデータ以外は軽めに覚えておいた方がいいですよ。記憶壺のなかに将来の大切な人用の隙間を残しておくために。

未来人

子供の頃に読んだ漫画のなかで、二十一世紀の人間はつるつるでぴかぴかの服を着ていた。朝、スプレーを体に吹きつけると、服のかたちになって、一日の終わりに、シューッと溶けてなくなるのだ。洗濯不要。

それから、外出のときは自動車に向かって「●●まで」と云うだけで勝手に目的地まで運んでくれる。道が混んでいたら、シャキーンと翼を出して空を飛ぶこともできる飛行車だ。

また、雨の日には専用の帽子をかぶる。熱線が水滴を頭上で全部蒸発させてしまうから、濡れずに歩くことができるのだ。

そして、今は二十一世紀、我々は『２００１年宇宙の旅』の時代をとっくに超えた未来人だ。でも、つるつるぴかぴかの服は着ていない。自動車は相変わらず自分の手で運転している。なんだか思ってたのとちがうなあ。昔読んだ漫画の世界みたいになってないよ。

「では、未来はどうなったんですか」

子供の私にそう尋ねられるところを想像して、答に詰まる。えーと、どうなったんだろう。

「電話が持ち運べるようになったよ」

「へえ、重たくないですか」

「未来の電話は、キャラメルの箱くらいの大きさなんだ」

「キャラメルの箱！」

「うん。通話だけじゃなくて、そこから世界中の情報がみられるんだよ」

「わあ、凄いなあ」

子供の私は目をきらきらさせて嬉しそうだ。喜んで貰えて私も嬉しい。

「ほかには、どうですか」

「うーん、レストランのトイレなんかで蛇口の下に手を出すと、自動的に水が出るよ」

「え、蛇口を捻ったりしなくても？」

「うん。センサーってわかるかな。空気が見張ってるんだ」

「へえ」

「あとトイレがお尻も洗ってくれる」

「水で？」

「うん、冬はお湯で」

「くすぐったくないですか」

「慣れれば大丈夫さ」

「じゃあ、もう、いちいち紙で拭かなくていいんですね」

「いや、拭くのは拭くんだけどね」

そんな風に話しながら、私はなんとなく焦り始める。さっきから、細かいことばっかり云ってるなあ。

「雨の日はどうですか」

「あ、それは、傘だね」

「あれ？　未来もやっぱり傘なんですか」

「う、うん。でも、透明のビニールだよ」

「へえ、透明のビニール。何か特別な機能がついてるんですか」

「いや、機能は普通だけど、とっても安いから、置き忘れたり盗まれたりしてもダメージが少ないんだ。百円ショップっていう店で買えば一本百円。君の時代より安いでしょう？」

「……」

いかん。どんどん盛り下がってる。さらに焦りが募る。これじゃ、未来の素晴らしさが伝わらない。

もっと、根本的に進化したことってなかったっけ。それを教えて、子供の私に未来って格好いいって思わせたい。でも、意外に思いつかないのだ。

車は空飛ばないし、地下鉄は昔からあったし、えーと、お寿司がくるくる回ってるよ、とか。意味不明だよな。町中を走り回ってたチリ紙交換が消えて、駅前にティッシュ配りが現れた。駄目だ。地味すぎる。

あとは、婚前交渉が完全に解禁になったよ、とか。全然子供向きの話題じゃないな。そういえば、あの頃、スウェーデンはフリーセックスの国、ってクラスの誰かがお兄ちゃんからきいてきて、男子全員がそう思い込んでたなあ。友達も僕もフリーセックスの意味なんて知らないくせに。

ほんと、馬鹿だった。五寸釘を線路に置いて電車に轢《ひ》かせると、超強力な磁石ができると信じ込んで、みんなで試しに行って、踏切番のおじさんに叱られて。

気がつくと、私は遠い目をしている。あれ？　こっちが昔に憧れてどうするんだよ。

きっぱりできない

先日、金沢に行ったときのこと。帰りの電車が故障で遅れてしまった。「申し訳ありませんが、本来は接続する筈だった新幹線●●号に間に合わなくなります」という車内アナウンスが流れて、ショックを受ける。

私の手には●●号の指定席券がある。でも、もうこれは役に立たないのだ。一本後の新幹線に乗ることになるのだから、当然その席には既に誰かが座っているだろう。

そのとき、「一本後の新幹線▲▲号にも、わずかですが、お席に余裕があります。ご希望のお客様は乗り換えをお急ぎ下さい」というアナウンスが入った。私はひどく苦しいような気持ちになる。どうせなら完全に満席の方がよかった。

だって「お席に余裕があります」と云っても、一本前の新幹線に乗る予定だった我々全員分である筈がない。つまり、乗り損ねた人々が一斉に「わずか」な空席を争うことになる。そう考えると、胃の辺りがどよーんとなる。

乗換駅に着く前から、周囲の乗客の雰囲気が変わった。出口付近に移動したり、携帯電話で駅の構造を調べたり、気合の入った人々は準備を始めているようだ。私も何かした方がいいだろうか。どうしよう、と考えているうちに駅に着いてしまった。

私はもたもたと、しかし、後ろから押されるようにホームに降りる。周囲の人々は一斉にダッシュ。いや、小さな子供連れの家族や老夫婦は、もう諦めてゆっくりと歩いている。

私はというと、曖昧《あいまい》だ。走るでもなく歩くでもなく、ひょいっひょいっと中途半端に小走りをする。結局、空席を取ることはできなかった。できる筈がない。最初からわかっていたのだ。

でも、と思う。「最初からわかっていた」のなら、何故、もっと悠々と歩かないのだ。空席を目指して頑張るなら頑張ればいい。そうでないなら最初からきっぱり諦めて、子供連れの家族や老夫婦と共にゆっくりと乗り換えればいいのに。

私にはそれができないのだ。そんな風に一つにきっぱりと腹を括ることができないまま、曖昧にひょいっひょいっと小走り。恰好悪いなあ。

乗り換えた新幹線の中には、頑張ってホームを走って取った自分の席を、赤ちゃん連れの女性やお年寄りに譲る人がいた。ううう、恰好いい。

考えてみると、私の行動はいつもこうだ。映画館などに二人で行ったとき、飛び飛びに席が空いていると、どきっとする。そこで思い切って「すみません、詰めてください」と云うことができない。ばらばらの席に座って、後から勇気の無さを悔やむ。

もっと細かいことでは、ホテルの部屋に入ったとき、鞄から着替えのシャツなどを取り出して、備え付けのハンガーに掛けるのだが、何故か全ての着替えをそうすることができない。曖昧に二枚ほど掛けて、あとは鞄に入れたまま。だんだんくしゃくしゃになってゆく。これじゃ、駄目なのに。

そんな私はなんでもきっぱりと徹底できる人に憧れる。遅れているのかもう行ってしまったのか不明のバスを待たずにさっさと歩き出した友人。巨大なラジカセを肩に抱えて楽しそうに歩いていた外国人。

とりわけ凄いと思ったのは、顔の見えなかった女性だ。昔、同期の友人たちと会社の保養所に行ったときのこと。我々が本来の時間よりも早く着いてしまったために、前日の利用者がまだ滞在中だった。それは社内の男性と同じく社内の人らしい女性の二人連れ。何故、女性の方だけ断言できないのかというと、彼女は紙袋をすっぽり頭に被って出てきたからだ。

社内恋愛が恥ずかしかったのかなんなのか。理由ははっきりしないが、とにかく自分の顔だけは見せないという彼女の気迫が伝わってきた。確かに、この状況で素性を隠すには他に手がない。でも、咄嗟《とっさ》にそんなこと、なかなかできないと思う。だって、凄く妙な恰好なのだ。

しかし、いや、だからこそ私は感動した。「頭隠して尻隠さず」という言葉があるが、彼女のきっぱりぶりは、この諺《ことわざ》に打ち勝っていた。今も時折、思い出すことがある。紙袋のまま会釈をして礼儀正しかった彼女は、一体誰だったんだろう。

カモは二度毟《むし》られる

昔、ベトナムに行ったときのこと。

私は夜の市場にいた。さまざまな土産物や食物《たべもの》が放つ色鮮やかな光の中に、観光客丸出しで、きょろきょろして。

そのとき、目の前に一人の少女が現れた。十一、二歳だろうか。痩せた体に真っ黒な瞳が光っている。彼女は手に持ったカラフルな扇子を示して、どうやら、これを買え、と云っているらしい。え、え、と戸惑っているうちに、何故か買う流れになってしまった。まあ、いいか。綺麗な扇子だし。

えーと、いくらかな、と思いながら私は財布を出した。慣れない現地のお金がよくわからずにもたもたしていると、少女がさっと覗き込んで「そのお金が二枚だけ」と不意に日本語で云った。びっくりして反射的にお札を二枚手渡すと、その姿はたちまち人混みのどこかに消えた。

私の手には三本の扇子が残った。あれ、と思う。なんか変だぞ。改めて計算してみると、日本円で三千円くらい払ったことがわかる。日本ならそれくらいかもしれないけど、ここではちょっと高すぎるんじゃないか。

「そのお金が二枚だけ」って日本語につられて素直に渡しちゃったけど、たぶん、ぼられたのだ。しまった。相手が小さな女の子だと思って油断した。駄目だなあ。もう騙されないぞ。次からは気を引き締めて……とうじうじ反省。

そのとき、不意にさっきの少女が現れた。両手にたくさんの品物を抱えている。

嘘、と思う。自分から戻ってくるなんて。でも、もちろん謝りにきたわけではない。私がカモだと踏んで、さらにカモろうとしているのだ。

これも買えだって？　冗談。君、さっき騙したでしょう。「そのお金が二枚だけ」なんて云って。ちっとも「だけ」じゃないじゃん。ばれてるぞ。しかも、同じ相手のところにわざわざまた戻ってくるなんて。ふざけるな。なめてんのか。

だが、その言葉は口から出ない。平和な場所でふわふわ生きている私は怒り慣れていない。お金を取り返されるリスクを犯してでも、カモの前に再び戻ってさらにカモろうとする彼女の意志に気圧されているのだ。こんなに小さいのに。こんなに細いのに。一人なのに。凄いなあ。でも、扇子はもう要らないよ。

真っ直ぐにこちらを見つめる目の光を思い出す。愛してる。突然、そう云ってみたくなる。カモは君を愛してる。夜の市場が生き生きと極彩色に息づいて、けれど、少女は表情を変えない。通じていない。お金に関する日本語しかわからないのだ。

部屋

小学校に入った春のこと。

昼休みに新しいクラスメートと話しているうちに、自分の家に部屋がいくつあるか、という話題になった。

「うちは五つ」

「ぼくんちは四つ」

「あたしんちは六つ、あと犬小屋」

なかにひとり、「八つ」という子がいて、みんなは、すごーい、すごーい、と口々に云った。

その様子をみながら、私は内心焦っていた。

「ほむらくんちは？」

そう訊かれたらどうしよう。

うちには「二つ」しか部屋がなかった。

六畳と四畳半の二間だけ。

みんなのうちは、いちばん少ないひとでも「四つ」なのだ。

「二つ」とは云えない。

云いたくない。

いつそれを訊かれたのか、思い出せない。

気が付くと私は口走っていた。

「十」

「ええー？」

驚きの声が一斉に挙がった。

「じゅう？」
「じゅー？」

ざわざわざわ。

「うそだー」
「うそだろー」
「ほんとだよ」
「うそだ」
「ほんとだ」
「うそ」
「ほんと」
「じゃあ、みせてみろよ」
「ああ、いいよ」

何故そんなことになってしまったのか。

気が付くと、ぴかぴかのランドセルの友達を数人ひきつれて、私は自宅への道を歩いていた。

どうしよう、どうしよう、どうしよう、どうしよう。

一歩ずつに後悔がこみ上げてくる。

やっぱり嘘でした、とは云えない。

ごめん、とは云えない。

絶対云えない。

どうしよう、どうしよう、どうしよう、どうしよう。

地面の上で、熱い空気がゆらゆら揺れていた。

いつもの道を歩いているのに、なんだか、ふわふわと実感がない。

ふわふわ、ふわふわ、ふわふわ、ふわふわ。

とうとう、家についてしまった。

「ただいまー」

「おかえり。あら、お友達？」

お母さんの顔をみたとたんに、涙がこみ上げてくる。
でも、みんなの前では泣けない。

「こんにちはー」

友達は声を揃えて云った。
それから、私に向かって囁く。

「どこだよ」
「どこだよ」
「どこだよ」
「ここだよ」

咄嗟に声が出た。

「ここー？」

「玄関じゃん」

「玄関も『部屋』じゃん」

「ええー？」


不満の声を無視して、私は次々に「部屋」の扉を開けていった。

玄関も「部屋」。

トイレも「部屋」。

お風呂も「部屋」。

下駄箱も「部屋」。

押入も「部屋」。

四角いところは全てが部屋なのだ。

誰も、何も喋らない。

陽炎の燃え立つ午後のことだった。

微差への拘り

特別限定色の商品とか季節限定のメニューとかに弱い。そうか限定か、とつい手が出てしまう。なんだか得で良い物に思えるのだ。

具体的には、例えばラミー社のサファリという万年筆。異なった限定色が毎年のように出る。その年のうちに買わないとなくなってしまうのだ。狡《ずる》いなあと思いつつ、うきうきと買わされて、机の中にどんどん増えてゆく。一本三千円位という微妙な値段も手を出してしまう要因のひとつだ。

限定物以外に、生産中止となった商品にも弱い。これもうどこにも売ってないんだ、と思うと体がかーっとなって自分の物にしたくなる。

最近では感覚の奇妙な逆転現象が起こって、自分のお気に入りのブーツやスニーカーなどが、早く生産中止にならないかな、と思ってしまうことがある。

理屈で考えると、今のを履き潰したらもう買い替えることができないから、廃番になっては困る筈。でも、それよりも持ち物がレアな存在に「昇格」することに喜びを感じる自分がいる。

そもそも限定物とか生産中止品とか、小さな話なのだ。画期的な新製品の登場などとは次元がちがっている。にも拘わらず、それが微差だからこそ反応してしまうってところがある。似たような物のどうでもいいような微差に対して、自分の心がこんなに敏感なのはどうしてなんだろう。

昭和ひと桁生まれの私の父親を見ていると、そんなことは全く意識していないのがわかる。限定色なんて言葉も知らないだろう。

山登りを趣味とする父は、街の中でもそれっぽい恰好をしていることが多い。安価な登山用品を適当に身につけた姿で、銀座のレストランにもにこにこと入ってしまう。八十歳を超えた彼のそんなスタイルが、持ち物の微差に拘った私よりもずっと恰好よく見えて、なんだか悔しい。

微差に対する敏感さの理由として思いつくのは、ひとつには自分が日本人であること。髪の毛や肌の色さらには環境や行動様式における均質性の高さは、微差というものをクローズアップすることになるだろう。

もうひとつは、戦後生まれの自分が長く豊かな平和の中で育ったこと。ここが戦争や飢餓や貧困を体験した父との大きな違いだ。その間に日本は経済的文化的な発展を遂げた。微差に対する意識とは、つまりは余裕の産物だと思う。他人の持ち物と色や細部の作りがちがうから嬉しいとか、限定の全色を集めたいなどという気持ちは、いろいろな意味で余裕がなければ生まれてこないものだろう。

そんな私は、他人からの贈り物やお土産を喜ぶ以上に怖れる。例えば「旅行から帰ってきた親戚がくれた変な置物」を気楽に飾ることができないのだ。これがここにあると私の部屋にとって「致命傷」になる、と思ってしまう。贈ってくれた相手の気持ちを嬉しく思うよりも、物としてのダサさが気になる。さらには、こんな物を適当に買ってきやがって、と贈り主を憎み始める。そんな自分にひやっとするが、心の動きは止められない。

逆に、こちらが何かを贈る立場になると、とても緊張する。真っ先に候補として考えるのは、食べ物のような後に残らない物だ。それなら「致命傷」だけは避けられる。

次に、アクセサリーなどの小さな物。気に入らなくても抽斗《ひきだし》の奥にしまいこんでおけるから。続いて、スカーフやネクタイ的な物。色や柄が多様で選び難い筈のそれらよりも、一見選び易そうな財布などの方がさらにハードルが高く感じるのは、常用品だからである。

スカーフやネクタイやアクセサリーは複数を使い分けるのが普通だから、しまいっぱなしでも、その日たまたま身につけていないだけ、という云い訳ができる。だが、財布となると使ってるか使ってないかが一目瞭然。これはまずい。相手に「致命傷」を与える危険がある。

贈られた変てこな物たちを素直に喜んで、あまり考えずに飾ったり身につけたりできるようになりたい、と思う。それができたら、拘りの品がぎっしり並んだ部屋の風通しは良くなって、私自身の冷たいオーラも改善されるだろう。

けれど、それだけのことが難しい。「致命傷」なんて本当はないのだ。わかってる。でも、駄目だ。どうしても、透明な傷口から透明な血が流れているような気がしてならない。

言葉の完成度

以前、勤めていた会社にセクハラ大王というあだ名の男性がいた。女性社員が定時に帰るために支度をしていると、すかさずこんな声が掛かる。

「お、早いね。今日はどの男とワイン飲みに行くの?」

さすがは大王、と思う。なんて完成度の高い嫌がらせなんだ。これが普通のセクハラ発言だったら、せいぜいこんな感じではないだろうか。

「お、早いね。今日は彼氏とおデート?」

両者を比較してみると、その感じの悪さにおいて、大王の発言の方が数段勝っていることがわかる。

具体的にみてみよう。まず「どの男」の「どの」というところ。ここでは彼女が複数の男性とデートをするってことが勝手に前提とされているのだ。

次に「ワイン」。お酒の種類を決めつけることで、「俺はなんでもお見通しなんだよ」感が醸し出されているわけだ。また、それが「ビール」などではなくて「ワイン」であることにも注意したい。ここには、「お二人さんムード出しちゃって」的なニュアンスが宿っている。しかも、「ワイン」＝「ムード」という自らの認識のベタさそのものは全く省みられていない。

だが無論、そうした想像の全ては大王の脳内の産物に過ぎない。その日、彼女は本当は入院中のお父さんのお見舞いに行こうとしていたのかもしれない。或いは、テコンドーの試合に出場するために会場へ急ごうとしていたのかもしれない。

思うに、セクハラ大王といえども最初からハイレベルな技を繰り出せたわけではないだろう。「今日は彼氏とおデート？」程度から始まったセクハラが少しずつ磨かれて、ついには前述の発言にまで到達したにちがいない。

つまり、その完成度の高さは、長年にわたるセクハラ発言の繰り返しによって、自らの欲望を少しでも充足させるべく、言葉の細部まで推敲し続けた結果なのだ。

毎日のように、彼の攻撃に曝《さら》されていた女性社員は、次のように述べていた。

「いずれ社会からセクハラってものがなくなるだろうから、今のうちにセクハラ大王の言動を映像に残しておいて、未来のためのサンプル資料にしたいです」

このような例とは反対に、あまりにも推敲が足りないために、完成度が崩壊して、結果的にインパクトを生み出してしまった言葉、というものもある。

例えば先日、タクシーに乗ったときのこと。前の座席の背がポケット状になってい て、広告的なパンフレット類が入っていたんだけど、そのなかのひとつに目が釘付けになってしまった。こんな文字が書かれていたのだ。

「太りぎみの人に渡して下さい」

思わず手にとってみると、それはダイエット専門クリニックのパンフレットだった。いやしかし、と思う。渡せないでしょう、これ。だって、「太りぎみの人に渡して下さい」って、こんなに大きく書かれてるんだから。

街を走る沢山のタクシーのなかに、何千何万という数の「これ」が存在しているのか。

想像しただけでくらくらした。一体どうしてこのコピーが採用されたのだろう。広告作成会議の席上で、「これ、まずいよね」と誰も発言しなかったのか。もしかすると「太りぎみの人」とは「あなた」の婉曲な表現なのかもしれない。結局、意味不明なインパクトに惹かれて、私はこのパンフレットを持ち帰ってしまった。しかも二部。広告は成功した、ことになるのだろうか。

タクシーの車内パンフレットのコピーと云えば、以前出会ったこれも凄かった。

「たった一度の人生! そのバストで本当に満足ですか?」

そこまで云われると、自信がなくなってくる。でも、たぶん私への問いかけじゃないんだろうな。そう思うと、ちょっとさみしい。しかし、このテンションの高さと迷いのなさはどうだ。ひょっとすると、これは考え抜かれた言葉なのかもしれない。

肝のサイズ

昔から、心配性とか臆病とかびびりとか肝が小さいとか云われることが多い。

子供の頃、両親と一緒に列車で旅行をしていて、食堂車に行ったときのことを思い出す。

「荷物を持って行こうよ」

だが、私の提案はあっさり却下された。

「大丈夫大丈夫」

「平気平気」

そして、座席に荷物を残したまま食堂車へ。

食事の間中、私は心配で心配で食べ物の味がわからなかった。窓からどんな景色がみえていたのかも記憶にない。覚えているのは、自分たちの席にもどったとき、荷物がちゃんとあって、ほっとしたってこと。

今思い出しても、空しい気持ちになる。荷物の心配なんて大人に任せておけばいいのだ。子供はなんにも考えずに、食堂車のオムライスと窓からみえる富士山を楽しむのが仕事だろう。

でも、私にはそれができない。旅の思い出はオムライスでも富士山でもなくて、荷物があってほっとしたこと。なんて悲しい子供なんだろう。

やはり同じ頃、小学生の間で通称クモノスというおもちゃが流行ったことがあった。紙の塊の端っこをつまんだまま投げると、ぱあっとカラフルな網状に開くのだ。私も幾つか買って貰った。

でも、クモノスは一回きりの、使い捨てのおもちゃである。私は緊張のあまり、それを投げることができなかった。投げないと遊べない。もってるだけでは意味がない。でも、投げたら一瞬で終わってしまう。もったいない。そんなジレンマ（という言葉は知らなかったけど）のなかで金縛りにあっていたのだ。

或る日、何人かの友だちと遊んでいたとき、私はクモノスを自慢したくて、仲良しのターちゃんにだけこっそりみせた。

すると、「お、クモノスじゃん」と云うなり、ターちゃんはそれを掴んで投げてしまった。ぱあっ。

私は目の玉が飛び出るほど驚いた。ぼ、僕のクモノスがあああああ。

勝手にやっちゃうなんて、ありえない。ありえない。ありえない。と思っているうちに、フクちゃんもマッキンもサワケンも手を出してきて、次々に、ぱあっ、ぱあっ、ぱあっ。

私は心のなかで絶叫。でも、何故か「やめて」という言葉を口から出すことができない。がくがくと震えながらみているうちにクモノスたちはカラフルなゴミに変わってしまった。私はひとつも投げていない。

「じゃ、また明日なー」と去っていった彼らには悪気は全くない。そのことが一層悲しかった。

夜、蒲団のなかで目を閉じると、目蓋の裏にクモノスが浮かぶ。ぱあっ、ぱあっ、ぱあっ。うっうっうっと声を殺して泣いていたら、母親に「どうしたの?」と訊かれた。

「みんなが、みんなが、僕のクモノスをやっちゃったんだ」

母はちょっと考えてから云った。

「明日、あだちや（近所のおもちゃ屋）に買いに行こうね」

翌日、私は約束通り新しいクモノスを買ってもらった。嬉しかったけど、なんだか恥ずかしかった。

そのクモノスがどうなったのか、覚えていない。もしかすると、大事にしまいこんだまま、一度もやらないうちにどこかへいってしまったのかもしれない。私には、クモノスをぱあっとさせる度胸がない。

そして現在。おじさんになった私の肝は相変わらず小さい。

昨年、或るモデルさんと対談をする機会があった。別室で行われている彼女のお化粧が終わるのを、どきどきしながら待つ。

あのドアが開いて凄くきれいなひとが入ってくるんだ、と自分に云い聞かせる。心の準備をして、びっくりしないためである。なるべく場慣れしているように思われたい。対談なんだから。対等に。堂々と。

ドアが開いた。おおっ。美人だ。でも大丈夫。心の準備はした。彼女がにこっとする。私も立ち上がって、にこっ。よし、いいぞ。今だ。すっと手を出して握手を。こつん。あれ？　踵《かかと》が何かに当たった。いつの間にか後ろに下がっていたのだ。顔で笑って体が逃げた。と、思う間もなくバランスを崩して、がしゃーん。激しく椅子を倒しながら一回転。みんな、驚いてこっちをみている。私だって驚く。なんて脆《もろ》いんだ、自分。ただ相手が「きれい」ってだけで、吹っ飛ぶなんて。

常識の変化

遺影はいつも笑顔だ。泣き顔や怒り顔のそれはみたことがない。本人の泣き顔をみたら、参列者がみんな悲しくなってしまうからだろうか。いや、笑顔をみても、もちろん悲しくなるんだけど、それはなんというか、ちゃんとした悲しみというか、残された者たちは正しく泣けるって感じがする。

だからといって、動画はやりすぎだ。少しずつ移り変わる画像とかならまだしも、結婚式じゃあるまいし、亡くなった本人が明るく笑っているムービーを流されたりしたら、どうしていいのか、わからなくなってしまう。

と書きながら、なんだか不安になってくる。本当にそれで合っているだろうか。実は、既に遺影も動画になっているんじゃないか。

「動画の遺影ってあるかな？」と周囲の人に尋ねて、「そんな馬鹿な」とか「常識的にありえないよ」とか云われても、安心はできない。最近は何が常識かわからない。

去年までの非常識が今年の常識になっていることが珍しくないのだ。

もともと社会とのチューニングが悪く、物書きになってからは、家に籠もりっぱなしの私は、自分のなかの常識にどんどん自信がなくなっている。

先日、大学の先生をしている人から次のような話をきいた。新入生に向かって最初の授業を終えたところで、いつものように尋ねたのだという。

「何か質問はありますか」

それに対して、ひとりの学生が手を挙げた。

「ここからいちばん近い自販機の場所はどこですか」

うーん、と私は思った。そして彼に尋ねた。

「で、何て答えたんですか」

「ふざけんな、って叱ったよ」

だろうな、と思う。我々の感覚からすると、それが常識だ。

でも、おそらく学生に悪気はなかったと思う。彼の云い分はたぶんこうだろう。

自分はちゃんと授業料を払っている。つまり大学のユーザーである。一方、先生とはそれによって給与を貰って食べている大学の職員だ。だから、ユーザーである自分が、まだ不慣れな大学構内の設備について、職員である先生に尋ねるのは当然の権利である。

この考え方の背後には、お金による価値観の一元化があると思う。病院の貼り紙のなかに「患者様」という言葉を初めてみたとき、違和感を覚えたが、とうとう「学生様」の時代がやってきたのだ。そのような環境下では、聖職などの概念は生き延びることが難しい。

このケースでは常識と常識とが真っ向からぶつかっている。それぞれに云い分があっても、両立することはない。片方が常識ならもう片方は非常識なのだ。

手紙とメールとファクスと電話のなかでは、どれがどんな順番で礼儀正しいのか。これについての考え方にも、世代や職種によるズレがあると思う。常識が統一されていないのだ。ちょっとしたことだが、意外に影響が大きい。

「大事な用件はやはりお電話でないと」を繰り返す人との間で、なかなか仕事が進められなくて困ったことがあった。「大事な用件なのでお電話ではちょっと」ならわかるけどなあ、と思いつつ、携帯電話の番号を教えても、何故だか納得して貰えない。先方のなかに、大事な用件は相手の家の電話にかけなくてはいけない、という鉄の常識があるのだった。

社会的な常識の合意点って、誰がどうやって決めてるんだろう。敗戦とかバブルの終焉とか、はっきりとした時代の変化がある場合はまだ納得がいくんだけど、いつのまにか共同体の合意点が変化していると、びっくりしてしまう。

「婚前交渉」は社会的な非難の対象だったのに、「できちゃった婚」ではニュアンスが軽い揶揄《やゆ》に変わり、ついには「授かり婚」が賞讃されるようになったことを思い出す。

そんなとき、現象や行為はほとんど同じでも、ネーミングが変わっていることが多い。言葉のラベルを貼り替えることによって、常識の変化が受け入れやすくなるのだろう。

できない人

私の家にはインターネット環境がない。そう云うと、みんなに驚かれる。

「メールとか原稿とかのやり取りはどうしてるんですか」

「駅前の漫画喫茶に行って、そこから送ってます」

「えっ、毎日？」

「はい。多いときは、一日二回とか三回とか」

「ええっ、そのたびに家から駅前まで往復してるんですか？」

「はい」

「大変じゃないですか？」

「大変です。台風のときとか特に」

「お金もかかるでしょう？」

「ええ。一回数百円でも毎日のことだから」

「どうして、ネット繋がないんですか」

「……」

ここで会話が途切れてしまう。どうして、ネットを繋がないのか、その理由がうまく説明できないのだ。自分でもよくわからない。

繋がないというか繋げないというか、いや、実は繋がっているらしいのだ。インターネットの「線」みたいなものは、もう私の家まで来ているらしい。でも、パソコンとは繋がっていない。ここからどうすればいいのか、わからない。

変だろうか。学生時代に札幌で友人と暮らしていたとき、ガスの元栓とガス台が繋がっていなくて、つまり、台所にぽんとガス台が置いてある状態のまま、一冬が過ぎてしまったことがあるのだが、あれに似た現象だと思う。

あのときは、結局、札幌に遊びに来た母親が呆れてガス管を買ってきて繋いでくれた。おかげでお湯が沸かせるようになった。

だが、母はもういない。我が家のインターネットは未接続のまま、六年が経とうとしている。その間に、私は漫画喫茶の店員さんを何十人も見守ってきた。

アルバイトの新人くんが私に向かって「当店のご利用はございますか？」と云うたびに「はははははは」と叫びたくなる。あるなんてもんじゃないですよ。バイトの先輩が新人くんにひそひそと耳打ちをする。

「あの人は、毎日来るんだよ」
「え、まじすか。なんでまた」
「いや、訳はわかんないんだけど」
「淋しいんですかね」

違う。勝手に人を淋しい人にするんじゃない。と云いかけてやめる。彼らの会話は全て私の想像に過ぎないのだ。

三月十一日の地震のときも私はそこにいた。漫画がどさどさ落ちてきて、床がぐーらぐーら揺れて、まずいと思った。だってここはエレベーターの中に鼠《ねずみ》の糞が落ちているようなぼろい建物なのだ。まずいよ。まずい。インターネットを繋がなかったせいで命を落とすことになるのか、と焦った。でも、幸いそこまでには到らず、その日の夜には、私はまた同じ店にいた。

こういう性格をなんというのだろう。惰性的というか慣性的というか、目先のちょっとしたハードルを越せないまま、結果的に起こる面倒をいつまでもいつまでも引きずってゆく。

そんな私は車のバッテリーを半年ごとに交換している。全く乗らないからだ。走行距離ゼロのままバッテリーをあげてしまっては、修理屋さんに取りに来て貰って新品に交換。でも、やっぱり乗らないからまたバッテリーがあがって、という繰り返し。

そんなことなら、車を処分すれば、とみんなに云われるのだが、なんとなくそれができない。私の車は今もバッテリー交換のために修理中だ。

インターネットやガスを繋がないのも、バッテリーをあげてしまうのも、犯罪ではない。でも、或る意味では、そういう人間は犯罪者よりも「駄目」とも云えるんじゃないか。

銀行強盗とか密輸とか複雑な詐欺とかのニュースをきくたびに、凄いなあ、と思う。なんて計画性と行動力があるんだろう。そんなに頑張れるなら、犯罪に手を染めなくても、普通の仕事だって充分できるだろうに。

写真の謎

写真って不思議な表現ジャンルだと思う。猫が好きな人が、本屋でたまたま見つけた猫の写真集を買ったとする。自分の部屋でお茶を飲みながら、それを広げて眺めるとき、その人は「写真を見ている」ことを特別に意識してはいないんじゃないか。写真を通して被写体つまり猫そのものを見ているのだ。

これが絵画だったらどうだろう。自分が「絵を見ている」ことを意識しないまま、猫の絵を眺めるようなことはまずないと思う。それが写実的であればあるほど、「絵を見ている」ことは自覚される。

その証拠に、猫の絵を見て「なんて生き生きと本物そっくりに描かれているんだ」と思うことがある。でも、猫の写真を見て「なんて生き生きと本物そっくりに撮られているんだ」とは思わない。

その理由を訊かれたら、私はなんと答えるだろう。だって写真の猫は実際に生きているんだから、などと云うかもしれない。

でも、「実際に」生きているとはどういうことだ。絵のモデルになった画家の飼い猫だって「実際に」生きているのに。そう考えると、「実際に」を支えているのは、写真というジャンルの表現としての「透明度の高さ」ではないか、と思えてくる。我々の多くは、カメラという機械が現実の対象物を基本的にはそのまま取り込んで写真に加工している、と漠然と考えているのだ。

絵の中の猫はモデルになった猫そのものではないが、写真の中の猫は被写体の猫そのもの、という見る側の意識の違いは、この「そのまま」性すなわち表現の透明度に対する認識の差によって支えられている、と思う。

だが、絵の中の猫が実物以上の存在感を放つことがあるように、写真から現実の被写体以上のオーラを感じることがある。写真の猫が猫以上のものに、写真のコップがコップ以上のものに見えるのだ。その現象の意味はなんだろう。

例えば、写真に写っているものの正体がわからないことがある。写真集の次のページを捲ってやっと気づく。ああ、さっきのあれは飛行機の尾翼が拡大されたものだったのか。そう思って見直すと、確かにそうだ。普段の私にとって飛行機は全体として飛行機であり、尾翼だけを意識して見ることがないために、その拡大写真に奇妙なオーラを感じたのだろう。飛行機から独立した尾翼を「そのまま」見せられて戸惑ったのだ。なんとなく理屈がわかって安心する。

では、丸ごと写っている猫やコップが、異様な存在感を放っている場合はどうか。我々が写真の中のコップを「お茶の入ったコップ」として認識できるのは、その実物を知っているからだ。コップを手でもったことがあり、その中のお茶を飲んだことがあり、時にはコップを落として割ってしまったり、お茶を胸に零《こぼ》したこともある。そのような経験の総体が、写真の中のコップを見ることで無意識のうちに復元される。

飛行機の尾翼が奇妙なオーラを放っていたのは、自分はこれを知っているらしいと感じつつ、正体に思い至らなかったために、本来の像を復元することができなかったためだろう。

だが、例えば、生まれたての赤ん坊にとってはコップだって同じことだ。コップ体験がゼロの赤ん坊がその写真を見ても、コップを「そのようなもの」として認識することができない。現実における存在感を復元することができないのだ。

そして、カメラのレンズは或る意味で生まれたての赤ん坊の目に近いとは云えないか。その眼差しは、コップが割れることを、お茶が飲めることを、その他の全てのことを、全く知らないのだ。

優れた写真家が、このカメラ自身の眼差しを生かして世界を切り取ったとき、撮られた写真にはオーラが宿る、というか、見る者がそれを感じるのではないだろうか。

そのような写真を見るとき、我々はとっくに失ったはずの赤ん坊の眼差しを再び与えられることになる。それは過去の経験の総体を無化して、被写体の日常的な存在感を解体してしまう。

毎日を生きる上では不都合極まりない、そんな眼差しを束の間得ることに、我々が奇妙なときめきを覚えるのは何故か。それは、日常の名のもとに固定された生の意味のリセットと再構築、さらには拡大に繋がる歓びだと思われる。

他人の感覚

ひとりひとりの人間の感じ方や考え方には、突き詰めればそれほど大きな違いはないのか、それとも意外なほど大きな個人差があるものなのか。どっちが正解なんだろう、と思うことがある。

実際に他人になることができたら、答がわかる筈なんだけど、それは実現不可能。私にできるのは、外側からみえる他人の言葉や行動を通して、その人の感覚を想像してみることだけだ。

だから、どう考えても自分ならそうはしない、と思える他者の振る舞いに出会うと不安になる。

先日、テレビで世界陸上を観ていて、ああ、まただ、と思った。選手の多くがネックレスやブレスレットなどのアクセサリーを身につけている。長髪で長い爪を美しく飾った女子ランナーもいる。

私なら絶対にあれはしないと思う。マラソンの選手がペース確認用の腕時計をするのはわかる。でも、例えば100メートル走の場合。全員がコンマ1秒に命を懸けて走るんでしょう？

自分がそんな場に立たされたら、ネックレスとかブレスレットの重さも気になると思う。この数グラムが勝負を分けるかもしれない。そう思うと、少しでも軽くしたいし、胸元や手首でぶらぶら揺れてたら気になってしょうがない。出来れば、あたまもつるつるに剃り上げて軽量化と同時に空気抵抗も少なくしたいところだ。

でも、フローレンス・ジョイナーの昔から、実際の選手たちの考えは違うらしい。不思議だ。彼らのスタイルが気になって仕方ない私は神経質過ぎるのだろうか。

百歩譲って、十字架のネックレスにはお守り的な心理効果があるのかもしれない、などと考えてみることにする。長い爪で空気を切り裂いているのかも。

でも、じゃあ、あれはどうなのだ。勝利を確信した選手が、ゴールの手前で手を挙げたり、手を振ったり、Vサインをしたりする行為は。

断っておくけど、それがマナー違反だとか、最後まで真面目にやれとか、そういうことが云いたいわけでは全くない。

私はひたすら心配しているのだ。あのアクションの分、彼らのタイムがわずかながら、しかし確実に遅くなってしまうことを。

　優勝は優勝でいい。でも、それとは別に記録ってものがあるじゃないか。最後の最後まで死ぬ気で走りきって、ゴールテープを切ってから、好きなだけ手を上げて、振って、Vサインをすればいいじゃないか。


いや、それもマラソンとかならまだわかる。でも、あれをみたときは、心臓が止まるかと思った。あれとはあれだ。二〇〇八年、北京オリンピックの男子100メートル決勝におけるウサイン・ボルトのゴールシーン。

あれは二重の意味で衝撃的だった。一つは9秒69というタイムの凄さ。もう一つはゴールの瞬間、ボルトが完全に横を向いて何かを大きくアピールしていたこと。うそー、と思った。圧勝はいい。凄かった。素晴らしかった。でも、あそこであのアピールはしなくてもいいんじゃないの。記者会見で好きなだけすればいいのに。もしも、あのまま全力で駆け抜けていれば、さらにコンマ数秒は確実に縮められたに違いない。100メートルのコンマ数秒って、縮めるのに何年とか下手したら数十年もかかるほど大きいものだろう。実際に女子の記録は三十年近く破られていないのだ。私はボルトじゃないし、ジャマイカ人じゃないし、陸上競技関係者でもないけど、もったいなくて、心配で、胸が苦しかった。

ボルト本人は軽い気持ちだったのかもしれない。まだ若いし、記録ならこれからいくらでも更新できる、と。でも、本当はそんなこと誰にもわからないと思うんだ。いつが生涯のピークになるかなんて。

たまたま翌年の世界選手権でその記録を破れたからいいようなものの、万一、あれが人類の最終到達記録になっていたら、どうするつもりだったんだ。神様に向かって、いや、人類は本当は9秒65くらいで走れた筈なんです、ほら、みてください、このときボルトは完全に横を向いてるでしょう、とか説明しなきゃいけなくなる。いや、別にしなくてもいいんだけど。と混乱してしまうくらい。うそー、と私は思ったわけである。人間の感じ方や考え方には意外に大きな個人差がある、のかもしれない。

庶民的呪縛

数年前、海外旅行に行ったときのこと。父へのお土産としてお酒と調味料を買って帰った。

「はい。お土産」

「お、これ、上等の酒でないか。こっちはいい塩だな。テレビでみたことあるぞ。どうもありがとう」

良かった。喜んでもらえてこちらも嬉しい。

だが、その後、実家に帰ったときに、お土産の酒が戸棚のガラスの奥に飾られていることに気づいた。いつまで経っても一向に飲まれる気配がない。

「ねえ。このお酒、飲まないの？」

「お、おお。とっておきだからな」

力強い応えが返ってきた。うーん、そうか。まあ、飾ってゆっくり楽しむのもいいかもしれないね。

でも、と思う。塩はどうなんだ。こっちも全く使われた形跡がないんだけど。

「お、おお。いい塩だからな。特別な日に使おうと思ってな」

えっ、と思う。だって、父はもう八十五歳なのだ。毎日が「特別な日」ではないか。

だが、その言葉を口にすることはできない。気持ちはわかるのだ。私だって似たようなものである。

例えば、シャツ。私は上等のシャツを何枚ももっている。なのに、気軽に着ることができないのだ。これを着たら、クリーニングに出さなくてはいけない、と思ってしまう。もったいない。で、ユニクロのフリースや無印良品のTシャツばかり着ている。

勿論、良いシャツを着る日もあることはある。人前で対談をするとか、雑誌の取材で写真を撮られるとか。つまり「特別な日」だ。父とおんなじじゃないか。

父親の態度をみた私は思った。塩なんてどんどん使わないと意味がないよ。でも、塩とちがってシャツはほら、と自分に云い訳をする。一回着たらクリーニングに出さないといけないから。

ところが、或る日。小説のなかにこんな場面を発見してしまった。

舞子先輩は、いつものように僕を上から下までなめまわすように見て、ため息をついた。

「まあいいけどさ……。ねえ、大学に来るときも、洋服、ちゃんとしようよ」

「いや、いいっすよ……。なんか、肩こるし」

「だめ。毎日きちんとしてないと、いつまでたっても『着られてる』感じになっちゃうわよ」

「でも、きょうはとくに何もない日ですから……」

『ショートソング』（枡野浩一）

この感覚、わかりすぎる。主人公の「僕」よりも私は三十歳も年上なのに、今もまだ服に「着られてる」。

たまにきちんとシャツを着て行った日も、家に帰り着いたとたん、するすると全身フリースに早変わり。私にとって上等のシャツは洋服ではなくて「衣装」なのだ。

シャツに対する意識のハードルを下げようとして、もう何枚か、数を増やしてみた。高価なシャツを買うのがもったいないとは思わない。

そして、「とくに何もない日」の朝、よし、今日こそ着るぞ、と心に決める。でも、駄目なのだ。何枚ものシャツたちをぐっと睨んだまま、金縛りに遭ってしまう。

そういえば、と思い出す。私が子供の頃、家には応接間というものがあった。小さな借家で部屋が全部で三つしかないのに、そのうち一つが応接間ってどういうことなんだ。そこにお通しするようなお客さんなど年に何人も来ないのに。

でも、当時は何の疑問も感じていなかった。今考えると、あれは来るか来ないかもわからない「特別な日」のための部屋だったのだ。

「特別な日」のための洋服もあって、「よそいき」と呼ばれていた。「よそいき」がだんだんくたびれてくると、或る日、母親が思い切って「普段着におろす」のだ。いずれも既に死語ではないだろうか。

そう考えると、二十一世紀の現在も、衣食住の全てにわたって、私は昭和時代の庶民的呪縛に雁字搦めになっていることがわかる。

庶民だって頑張れば良いものを「買う」とか「持つ」ことはできる。でも、悲しい哉、そこまでが我らの限界。肝心の「使う」ことができないのだ。

父の戸棚の中には、今も美しい塩の包みが幾つも眠っている。来るべき「特別な日」の夢をみながら。

ムラがある

モノたちの進化のスピードには随分ムラがある、と思う。ハイスピードで進化するモノの代表は携帯電話。

ちょっと昔のドラマをみていると、登場人物がヘチマのように大きな携帯電話を耳に当てていてびっくりする。あんなだったっけ。もうすっかり忘れているのだ。

その様子がとても可笑しくみえるんだけど、それは我々が未来人だから。テレビの中の人は真面目な顔で「俺を信じろ！」とヘチマに向かって叫んでいる。

近年のドラマでも、携帯を使うシーンになると、その瞬間に、あ、大体●年くらい前だな、とわかってしまう。町並みや服装や髪型では、そこまで正確にはわからない。つまり、他のモノに較べて携帯電話はずっと激しく変化しているわけだ。

実際の生活を送る上では、そこまで早く進化しなくても、と感じている。デザインが気に入っているからまだこの機種を使っていたい、と思うこともある。でも、結局は数年単位で買い換えさせられてしまう。自分のモノなのに自分勝手が許されない仕組みになっているのだ。

一方、なかなか進化しないモノもある。その代表は傘。私が子供の頃から基本的にはおんなじだ。変化といえば、ボタンで開く仕組みができたこととビニール素材が出たことくらいか。雨の日の大変さは軽減されていない。傘こそ進化して欲しいのに。

昭和の人が現代にやってきたら、スマートフォンをみても何だかわからないだろう。でも、傘は「傘だ」とひと目でわかる。江戸時代の人にもわかる。

携帯電話や傘に限らず、世の中はこちらの希望通りには進化しないことになっているらしい。

先日、どこかのニュースの中に「塗る太陽電池」という文字を発見して、ぎょっとした。なんだか凄そう。バターのようだ。その未来っぽさに何となく不安を覚える。そもそも私は太陽電池が何だかもよく知らないのだ。ただ、自分に縁のないところで物凄く進化しているモノがあると取り残された気持ちになる。

個人的には、太陽電池よりも先に納豆の方をなんとかして欲しい、と思う。あのパックはとても不便だ。豆の表面を覆っているビニールシートみたいなのとタレ及びカラシの小袋って、もうあれ以上進化しないんでしょうか。

最初にビニールシートを剝がすと必ず豆が二粒くらいそっちにくっつくから、手でつまむことになる。その時点で指がぬるぬる。それから小さなタレの袋を破ろうとしても、滑るに決まってる。で、焦って無理な力を加えることによって、タレが変な方向にぴゅっと飛び出す。さらに小さいカラシ袋は懸命に絞っても出口の周辺と指にくっつくだけで、ほとんど中身を投入できない。

幾つもの難関を乗り越えて、やっと納豆が食べられる状態になった頃には、ぐったりしている。太陽電池だって塗れる時代だというのに。

そんな身の回りのモノ以外にも、進化のムラはさまざまな局面に存在する。

例えば、スタートレック・シリーズ。未来の宇宙探検を描いたアメリカの人気テレビドラマである。

この作品に出てくる宇宙船のメカや異星人のメイクなどの特撮分野については、大変な技術の高さとお金のかけ方を感じる。

ところが、シリーズ中の何代目かの船長をみて愕然とした。頭部に毛がない。どうして、と思わずにいられない。だって、舞台は二十四世紀の未来という設定である。

宇宙船その他がこんなに凄いのに、頭部の方はまだ克服できていないのか。人類の進化にムラがありすぎるじゃないか。

この現象を気にかける人は多いらしく、こんな短歌も存在する。

かなしきはスタートレック　三百年のちにもハゲは解決されず　　松木　秀

でも、と思う。問題の解決は難しくない。役者が蔓《かつら》をつければいいだけ。作中に登場するさまざまな異星人のメイクよりもずっと簡単だ。にも拘わらず、それをしないってことは、やはり制作側は意図的なのだろう。

その意図がわからない。宇宙船や医学がどんなに進歩しても、禿げは解決されない、というメッセージか。何のためにそんなメッセージを。人類から希望を奪うだけではないか。

スタートレック・シリーズには、黒人や女性の船長も登場して、人種や性別に関する無差別性をアピールしているようだから、もしかして、その流れの上にある現象なのだろうか。謎だ。

男の幻滅ポイント

女性と話しているときに、男の幻滅ポイントについて教えられることがある。幻滅ポイントとは、それによって一気に相手の評価が下がる行為や特性のことだ。有名なところでは次のようなものがある。

・煙草のポイ捨て
・飲食店の店員さんに偉そうにする
・車を運転すると急に乱暴な人になる
・トイレの便座を上げたまま戻さない

この辺りは、云われてもさほど驚かない。幻滅ポイントとしては初級であり、それ以前に私自身の性格とずれているからだ。煙草吸わないし。

だが、こんなのはどうか。

・キーボードのエンタキーだけ強く叩く

会社にそういう人がいてとっても嫌だ、と知人の女性に云われたとき、一瞬、どきっとした。こんなこと考えたこともなかったからだ。彼女の話に曖昧な相槌《あいづち》を打ちながら、高速で我が身を振り返る。どうだろう。たぶんやってない、と思うけど自信がない。

カチャカチャと他のキーで入力して、最後に「どうだ」とばかりに「エンタキー」を叩く。やりたくなる気持ちはわかる。だが、その瞬間、小さな「俺様」が顔を出しているのだ。

女性たちはそれを見逃さない。一秒にも充たない行為によって、ああ、この人って本当は「俺様」に酔うタイプなんだ、と察知されてしまう。おそろしい。

こういう機会があるたびに、メモメモと思いながら、私は覚えたばかりの幻滅ポイントを自分の手帳に書き込む。人生の参考資料だ。

そこには他にもこんな項目が並んでいる。

・意味もなく、折りたたみ式の携帯電話をパカパカ開閉している
・携帯電話のメールアドレスがやたら長い
・ペンを廻す
・たくさん服を持っているくせに、組み合わせるボトムスとトップスが毎回一緒

いずれも中級以上と思える内容で、読んでいるうちに、どんどん不安になってくる。気を抜くと自分もやってしまいそうだ。

特に「ボトムス」と「トップス」は気をつけるといっても簡単ではない。センスに自信のない男にとっては高いハードルだ。

これを初めてきいたとき、衝撃だった。やってる。やってるよ、自分。「たくさん服を持っている」は当てはまらないけど、毎回何の疑問もなく同じ組み合わせだ。洋服そのものはセンスのいい店員さんに見立てて貰って買えばいい。だが、その「組み合わせ」において、結局は本人のセンスを問われることになるのだ。とはいえ、それだけで幻滅なんて厳しすぎる、と思うんだけど。

服装関係ではこんなのもある。

・おかあさんが買ってきたような服を着ている

小説家の角田光代さんに指摘されたポイントだが、この表現そのものにぞっとする。特に「お母さんが買ってきた服」ではなくて「お母さんが買ってきたような服」ってところ。私の母はもう亡くなっている。だから、現実的に「お母さんが買ってきた服」を着ることは有り得ない。でも、「お母さんが買ってきたような服」となると、どうだろう。

「お母さんが買ってきた服」を長年着ていた自分が、今もなおそんなオーラに包まれていないとは断言できない。苦い記憶が甦る。以前ネルシャツとダッフルコートを着た自分の姿が偶然街中の鏡に映ったときのこと。反射的に「受験生」と思ってしまったのだ。四十代なのに。

・席をはずす時に、読みかけの本を開いたまま伏せておく

うーん、と首を捻る。これになると、どうしてNGなのか、すぐにはぴんとこな

い。どうすればOKになるんだろう。発言者の女性に正解を訊いておけばよかった。

・字がうすい

なんだかもう、よくわからない。男の文字ははっきり黒々と、ってことかなあ。

少数派

先日、男性五人の飲み会に参加したときのこと。ふとしたきっかけから、会話がこんな流れになった。

A「いや、僕、携帯持っていないので……」
B「ほんと？　実は俺も持ってないんだ」
C「ええっ。びっくり、私もなんです」

なんと、五人のうちの三人までが携帯電話をもっていないことが判明したのだ。携帯所持者の私ともう一人は目を白黒させて、まじ？　とか、ほんとに？　とか、呟くばかり。だって、これが戦友会とかならともかく、三十代から五十代の集まりなのだ。ちょっと信じられない。二十一世紀の日本においては極小確率の偶然に思える。

もちろん真実はわからない。「持っている」というなら出して見せて貰うことができるけど、「持っていない」ことの証明は不可能なのだ。

とは云っても、嘘や冗談でないことはすぐにわかった。何故なら、三人の盛り上がり方が凄かったから。

A「いやあ、携帯持ってないひとに会ったのって、いつ以来だろう」

B「しかも、いっぺんに三人も揃うなんてね」

C「ほんとほんと」

遠い異国の地で同胞と出会った喜びか。それから、ひとしきり携帯電話をもたない理由の発表会が続いた。その連帯の熱さに、私ともう一人は口を挟むことができない。

三人の気持ちはわかる。だって、この場に限って云えば、彼らの方が多数派なのだ。そんな奇蹟的なシチュエーションは、この先二度とないかもしれない。一方、多数派から意外な転落をした我々は、ちょっと肩身が狭い感じで、目の前のほっけなどをちまちま突っついていた。

携帯電話は持っているけれど、私自身が少数派に属することも多い。例えば、ディズニーランド。行ったことがないのだ。これは東京在住の人間としては、珍しいだろう。ディズニーランドのゴミ箱は喋るんだよ、と教えられて感心したり、ミッキーマウスを「一匹」と云って「一人」と訂正されたり、少数派気分を味わっている。

それからもうひとつ、『スター・ウォーズ』も観たことがなかった。過去形なのは、こちらは、去年、観てしまったからだ。

ディズニーランドに行ったことがなくて『スター・ウォーズ』も観たことがない人間だけが天国に行ける世界が来ればいい。私は長年そんなことを考えていた。でも、一向に実現する気配がない。で、とうとう観てしまったのだ。『スター・ウォーズ』、まとめて全作。初めての『スター・ウォーズ』はとても面白くて、どこか懐かしいような気持ちになった。オープニングの映像もテーマ音楽も知っていたし、ダース・ベイダーもヨーダも古い友人のようだった。「フォースと共にあらんことを」の台詞も一緒に云えた。

不思議だ。観たことなかったのに。どうやら、知らないうちに情報が脳にインプットされていたらしい。そう思うと、なんだか怖ろしい。現実世界には多数派のための情報がそんなにも溢れているのだ。いつか、ディズニーランドに行ったとき、ゴミ箱に話しかけられても私は驚かないだろう。

世界は多数派のためにできている。そのことを最初に思い知らされたのは、小学生のときだった。横浜から名古屋の学校に転校した私は、自己紹介のとき、いきなりみんなに笑われたのだ。理由は「めがね」の発音がおかしかったから。

何がおかしいのかわからずに、一瞬、きょとんとする私に向かって、一番前の生徒が云った。『めがね』じゃなくて、『めが、ね』だがね」。あ、名古屋弁、と思う。ショックだったのは担任の教師まで一緒になって笑っていたことだ。うわー、先生まで、と思って、ぐにゃあ、と世界が歪んだ。

新しい同級生たちの笑いに包まれながら、訛《なま》ってるのはそっちなのに、と不満に思う。でも、ここでそれを主張したら、明日からの生活が成り立たなくなる。子供ながらに咄嗟にそう考えた私は、曖昧に笑いながら「めが、ね」と小さく呟いた。

振り返ると、あのときの自分は踏み絵を踏んだ隠れキリシタンの気持ち。いや、そこまで云うと云いすぎか。徳島に嫁いで目玉焼きにポン酢をかけた新妻の気持ち、くらいかな。

逃げ出すライン

先日、ちょっとした事情から、直接の知り合いではない方のお宅に二晩ほど泊めていただくことになった。

夜、自分のために敷かれた布団をみて、得体の知れない不安がちらっと心を過ぎった。万一おねしょしたら大変だな、絶対だめだぞ、気をつけよう、と。

私におねしょ癖があるわけではない。ただ、ホテル以外の普通の家に泊めて貰うなんて随分久しぶりだったから、奇妙な怖れが心に浮上したのだろう。その家が直接の友人宅などではないことも、思いに輪をかけたかもしれない。でも、勿論そのときは何事もなかった。

では何故、今こんなことを書いているのかというと、実は自宅に戻ったその夜、おねしょをしてしまったのである。

ショックだった。と同時になんだか、自分が不憫《ふびん》に思えてきた。そんなに緊張してたのか、俺。絶対におねしょできないというプレッシャーから解放されて、夢の中の私はその自由さを無意識のうちに謳歌したくなったのではないだろうか。もう大丈夫だ、おねしょできるぞ、と。風呂場でパンツを洗いながら、私は自分のおねしょにそんな理屈をつけていた。

でも、本当にそう思ったのだ。たぶん私は自分が感じている以上にプレッシャーに弱いのだろう。初めて自分自身の真の姿を突きつけられた気がした。

そういえば以前、胃カメラを飲んだとき、何度も潰瘍《かいよう》ができては治った痕跡がありますね、と云われたことがある。おかしいなあ、と思った。全く自覚がなかったからだ。でも、おそらくは身体が悲鳴をあげていたのだろう。

それなのに、意識の方はプレッシャーから逃げてはいけない、と思い込んできた。みんなが普通に我慢できることは自分も耐えられる筈、逃げちゃだめだ、という自己規制。

そんな思いを裏切って逃げたことが全くないわけではない。でも、そのときの記憶ははっきりと心に焼き付いている。

例えば、以前にも「自分に忠告」で触れたこんな出来事。私は絵本の翻訳をしているのだが、あるとき、担当編集者がにこにこしながらやってきた。

編「いいニュースです」
ほ「どうしたの？」
編「●●さんが、来日するんですよ」
ほ「へ？」
編「で、この機会に是非ほむらさんにお目に掛かりたい。ご飯でもいかがでしょう、って」
ほ「……」

●●さんとは私が何冊か翻訳させてもらった絵本の原作者である。魅力的な作家で私も会ってみたい。

だが、ひとつ問題がある。私は英語を聴き取ったり話したりすることができないのだ。編集さんだって、それは知っている筈なのに、にこにこして「いいニュース」とか云っている。

こんなとき、普通は会うものなのか。会えば会ったでなんとかなるのか。わからない。その言葉を信じて身を任せられる私じゃない。こわい。困る。どうしよう。

絵本の翻訳は基本的に日本語のニュアンスの要素が大きい。英語のヒアリングやスピーキングはほとんど関係ないんですよ、と心の中で呟いてみる。誰に云い訳をしているのだろう。いやいや、そうは云っても、まともに会食もできないような英語力の持ち主が翻訳者でございと現れたら相手はどう感じるか。こんな奴に自分の大切な作品を任せてはおけないと思うのが人情だろう。

脳内でぐるぐる考えて迷いに迷った挙げ句、結局逃げてしまった。直前になって風邪をひいたことにしたのだ。このケースに関しては、編集者にも真実を打ち明けられなかったことが、心に一層深い傷を残した。

それ以外にも、テレビ出演や尊敬する音楽家とのライブ共演などから逃げてしまったことがある。やりたくないわけではない。むしろその逆。特に、後者は憧れの仕事だった。できることなら参加したい。だけど、こわくてこわくてこわかったのだ。だって、「最初は僕がピアノを弾いてほむらさんが短歌を朗読します。途中で、ほむらさんがピアノ、僕が短歌の朗読にパートを変えます」なんて云ってくるんだもん。嗚呼、それができる私だったら。どんなにやりたいことか。弾けないよ、ピアノなんて。できないよ、ライブのパフォーマンスなんて。でも、彼は私にもそれができると思っている。その誤解がたまらなく嬉しい。でもでも、応えることができない。結局、日程の都合が、とか、もにゃもにゃ云って断ってしまった。そんな自分に絶望した。

夜、眠る前に今までに自分が逃げてしまった機会を一つ一つ数え上げて胸を痛める。もしも、あの時、勇気を出していたらどうだったろう。やったらやったでなんとかなる、ってみんな云うけど、本当なのか。

でも、これからは、もうちょっと積極的に尻尾を巻いて逃げてもいいことにしようかなあ。そう考え始めた。だって、お泊まりのプレッシャーから解放されただけで、ほっとしておねしょしちゃうくらい、真の私はびびってるんだから。

ひとんち

子供の頃、友達の家に遊びに行くと、玄関に入ったとたん、あれっと思った。むっともったような、変な匂いがする。でも、友達は全然感じてないみたいだ。不思議。

今から考えると、自分の家にも特有の匂いはあったのだろう。ただ、慣れてしまっていて気づかなかったのだ。他人の家のそれには敏感なのに。

夢中で遊んでいるうちに暗くなって、「ごはん、食べていきなさい」と、そこのおばちゃんに云われると緊張した。私はひとんちのごはんが苦手だった。

味噌汁が気持ち悪い。なんか、どろどろしててすっぱい。カレーにも変てこなものが入っていた（後からそれは鯖だということがわかった。普通入れないだろうカレーに鯖、とずっと思っていたが、十数年後アルバイト先の食堂のメニューに「鯖カレー」を発見して、あれ、これって定番なの、と驚くことになる）。

大人になった今、友人の家で夕食を御馳走になって、初めての珍しいメニューを出されても、気持ち悪いとは感じない。おいしく食べられる。

それに較べて、子供の頃はどこの家のごはんも献立的には似たり寄ったりだったはずなのに、どうしてあんなにも異様に感じたのだろう。自分の家とのちょっとした違いがひどく大きく思えたのだ。

奥の部屋からよろよろと出てきたおじいちゃんが、裸みたいな恰好で食卓に座ったのにもびっくりした。我が家は両親と私の三人家族で、祖父母と同居した経験がなく、そういう存在に慣れていなかったのだ。

一緒にごはんを食べながら、おじいちゃんをちらちらみてしまう。がりがりのあばら骨がおっかない。何か話しかけられると、どきっとした。「ぷしーっ、ぷしーっ」と云ってるようにしかきこえないのだ。これって言葉？

友達がランドセルを開けて、今日のお習字をみせると、おじいちゃんがぶつぶつ云い出した。どうやらお習字の先生が書いてくれたお手本に文句をつけているらしい。「ふっし、ふっし、ぷしーっ」。なんだか自分が叱られているようで体が硬くなる。

おじいちゃんはとうとうおばちゃんに筆を出させて、自分でお手本を直してしまった。そこに元々書かれていた「し」のカーブを緩やかに、つまりより直線に近づけたことを何故かはっきりと覚えている。

カーブの殆《ほとん》ど無い「し」には、おかしな云い方だが「戦前」を感じた。いや、そんなはずはない。当時の私はそんな言葉は知らなかった。でも確かに、何かを感じた気がする。それは僕たちの「し」ではなかった。

また別の日には、そのおじいちゃんの肩や背中に蛭《ひる》が乗っていたことがあった。黒くなった血を吸わせて肩凝りを治すということだった。気持ち悪いと思いつつ、目が離せない。ぱんぱんに膨らんだ蛭のお腹。あのなかにおじいちゃんの血が入ってるんだ。

その一方で、友達の家に行って、そこで知ったもののハイカラさに圧倒されることもあった。或るとき、おやつにシェーキってものが出てきて、死ぬほどびっくりした。そのどろどろがアイスよりジュースよりおいしいのだ。食べ物か飲み物かわからないのもかっこいい。

しかも、友達のおじちゃんまで一緒に飲んでいる。大人はお茶かお酒しか飲まないものだと思っていた。おじちゃんがこんなものを飲むなんて、と全てが衝撃だった。

茶色いシチューを初めて食べて感動したこともあった。それまでシチューは白いものだと思い込んでいたのだ。カー君ちのシチューは茶色くておいしかった、と早速母親に報告した。うちのシチューは白くて、おにぎりは真ん丸の真っ黒で、サンドイッチもパンの耳がそのままで、かっこ悪い。そんなことを何度も訴えて親を困らせていた。ちょっとした違いへの敏感さ、かっこよさへの憧れが強かった。

私の妻は、小学生のときに友達の家で初めてウォシュレットに出会ってびっくりした、と云っていた。私の子供時代はご近所一帯がまだ汲み取り式だったから世代の違いを感じる。

「なんだろうと思って覗き込んだの、そしたらピュッピューッ」と顔を洗われてしまったという。思わず笑いながら、切ないような気持ちになった。

静かな幸福

明け方まで起きていた冬の或る日のこと。インターネット上に、友人が書き込みをしているのに気づいた。

「この時間はまだ鳥は鳴き始めていませんね。あ、いま始まった。遠くから。だんだん飛びめぐってゆくらしい。

こんな初冬の明け方に、起きている方がいる。おはようございます。珈琲を淹れて、すこしチョコレートを食べます。

こんな時間に珈琲を飲みつつ薄青く明けてゆく朝に目を凝らし、鳥の鳴き始めるのに耳を澄ましなどとできるのですから、もういろんな望みは平べったくなってしまっていい。」

この言葉に、心を惹かれた。特別なことは何も書かれていないのに、何度も読み返してしまう。

「いろんな望みは平べったくなってしまっていい」とはどういう意味だろう。はっきりとはわからないけど、気づかぬうちにもう望みは叶っているってことかもしれない。冬の明け方の冴え切った空気と鳥の声、立ち上る珈琲の香りと一片のチョコレート、それだけで自分は静かな幸福に包まれている。

或る明け方、友人はそう感じたのだろう。そして、私は彼女の書き込みを読んで気がついた。どうしてか、今までそのことを忘れていたのだ。私の人生はこんなにも幸福に充たされているのに。

この気持ちを壊さないように生きてゆきたい、と思った。友人の言葉をお守りにして、忘れそうになったら読み返そう。

次の日の真夜中、雨上がりの町を歩いてみたくなって外に出た。アスファルトからもふわっと澄んだ匂いが立ち上って心地良い。感覚が変わっているせいか、いつもは目につかないような、不思議なものが目に入る。

例えば、大きな黒犬とおばさんの散歩。といっても普通のそれではない。台車に置かれた籠の中におとなしく黒犬が座って、おばさんがそれを押しているのだ。年を取って歩けなくなった犬を散歩させているのかなあ。

珈琲のフィルターが切れていたことを思い出して、ちょっと遠くのコンビニエンスストアまで足を伸ばしてみる。

店内はとても明るい。目的のフィルターの他に、目についた幾つかのものを籠に入れてゆく。

まず「卵サンド」、この断面を見ると猛然と食べたくなるんだよなあ。それから「濃厚チーズ鱈」、これ、うまいんだ。チーズと鱈を組み合わせるなんて一体誰が考えたんだろう。偉い人がいるもんだ。

最後に雑誌と本のコーナーに行く。『日本のタブ－The Best 知らなかったあなたが悪い！』だって。なんだか面白そう。買ってみた。

家に着いて、早速「卵サンド」の袋をぺりぺりと開ける。うまっ、うまっ、立て続けにふたつ、夢中で食べてしまう。それから、「濃厚チーズ鱈」を口に入れて、その味わいに驚く。とろとろだよ、これ。外国に輸出したらどうだろう。皆びっくりするんじゃないか。ノーベルおつまみ賞だ。

そんな「濃厚チーズ鱈」をつまみながら、『日本のタブ－The Best 知らなかったあなたが悪い！』を読む。表紙や目次には、こんな文字が並んでいる。

「激安メニューが危ない！」

「『アイツ消したれ！』紳助に睨まれた獲物たち」

「恐怖の放送禁止映像」

「フリーアナが稼ぎだす年収を完全暴露」

「消えたアイドルを追え――！」

「殺人犯が逃げる日本最南端の離島」

「競馬アイドルは芸能界の墓場なり」

「韓流ブームは誰が作ったか？」

「犯罪芸能人リスト」

ふと本から目を上げると、机や腿に「濃厚チーズ鱈」の破片が散らばっている。口の中がにちゃにちゃで、お腹はいっぱいだ。

嗚呼、空が白み始めている。気づけば、手にしたはずの静かな幸福は、いつのまにか跡形もなく消えている。呆然とする。一体どうして、こんなことになってしまったんだろう。

ババロア

先日、『世界中が夕焼け』という本の刊行記念としてトーク&サイン会を行った。そこで私はこんな話をした。

会社員時代に喫茶店で商談をしていたとき、目の前をババロアがふるんふるん揺れながら運ばれてゆきました。でも「部長、ほら、ババロアふるんふるん」とは云いませんでした。そんなことをしたら、一瞬でこいつは危ない奴と思われてしまうから。では「部長、ほら、ババロアうまそうですよ」ならどうか。こいつは駄目だとは思われても、危ないまではいかないんじゃないか。何故なら「うまそう」は社会的な価値体系の中に収まる言葉だから。でも「ふるんふるん」は違う。どこにも居場所がない言葉。それを直観するからこそ、部長は「ふるんふるん」により強い忌避感を覚えるんだろう。「だから何?」という社会の問いかけに対して「ふるんふるん」は無力。

何でもありません。ただ面白かっただけ。でも、だからこそ詩や短歌においてはこの「ふるんふるん」的な言葉が大切なのです。

自分ではいい話をしたつもりだった。会場の反応も悪くなかった。ほっとする。その後で、一人一人にサインをした。

ほ「今日の話、どうでしたか」
客「面白かったです」
ほ「うふふ。今までこのタイミングでこの質問をして、つまらなかった、と云った人は一人もいません」
客「あはは、云えませんよね。でも、本当に楽しかったです」
ほ「そうですか。ありがとうございます」

いい雰囲気。ところが、その後、妙なことになった。

客「あの、一つだけ訊いてもいいですか」

ほ「はい、どうぞ」
客「ババロアって緑の奴ですか」
ほ「……」
混乱した。「ババロアって緑の奴ですか」ってどういう意味ですか。わからない。でも、早く答えないと、次のお客さんが待っている。咄嗟にこう返した。
ほ「あ、いや、それはたぶんゼリーじゃないかな」
客「ゼリー……、そうですか」
お客さんは曖昧な表情のまま去っていった。こちらもすっきりしない。確かに緑のゼリーは存在する。でも全てのゼリーが緑ってわけじゃない。あのお客さんは何を思い浮かべていたんだろう。もやもやもやもや。いけない。頭を切り替えて次のお客さんを迎えなきゃ。
客「こんにちは」

ほ「こんにちは、今日はどうでした」
客「面白かったです。で、あの」
ほ「はい」
客「ババロアってパンナコッタみたいなのでしたっけ」
一瞬、頭の中が白くなる。確かに、ババロアはパンナコッタに似ている。でも本当はパンナコッタの方がババロアに似ているのだ。
ほ「あ、そうですね。デザートです」
思わずそう答えてしまった。お客さんは納得したらしい。だが、私は慄然としていた。怖ろしい事実に気づいてしまったのだ。若者はババロアを知らない。そして今日のお客さんの大半は若い。じゃあ、さっきの私の熱いトークは……。
しまった。世代差というものを甘く見ていた。この間、痛感した筈だったのに。というのは数ヵ月前、二十代の人々と話をしたときのこと。私は激しいショックを受けたのだ。彼らのうちの誰一人として沢田研二を知らなかった。本当に知らないの？　ジュリーだよ。ジュリー。だが、皆きょとんとした顔で「じゅりい？」などと呟いている。生まれて初めてそれを発音する口調である。本当に知らないのだ。ジュリーを。沢田研二を。嗚呼、これが「未来」というものか。

「えーと、じゅりいはキムタクみたいなもんですか」と質問されて言葉に詰まる。なんか違う。でも説明が難しい。そうじゃなくてジュリーは歌謡曲の、いや、そもそも歌謡曲ってものがもうないのか、と絶句。

このジュリー事件のとき、私は思い知った筈だった。なのに、またやってしまった。今度はババロア。

違う。違うよ。私は弱々しく首を振る。ジュリーはキムタクじゃないし、ババロアはパンナコッタじゃない。

世代差というものの怖ろしさに怯みながら、けれど、私は前向きな決意を固める。負けないぞ。次に「ふるんふるん」の話をするときはプリンって云おう。

心の物差し

ババロアとジュリーの話を書いた。

トークイベントでババロアの話をしたところ、若いお客さんから「ババロアってパンナコッタみたいなのでしたっけ」と訊かれて絶句したのだ。

確かにババロアはパンナコッタに似ている。でも本当は、というか、昭和生まれの日本人にとってはパンナコッタの方がババロアに似ているのだ。これは大きな違いである。

それ以前にも、ジュリーこと沢田研二について「キムタクみたいなもんですか」と学生さんから質問されて、やはり言葉に詰まった経験があった。

でも、考えてみると、若者にとっては当然のことだ。彼らが物心ついたときには、ババロアもジュリーも既にポピュラーな存在ではなかったのだから。

長く生きている我々は若者に対してもっと親切に対応すべきだ、と反省した。ババロアとジュリーを知っているからって偉いわけじゃない。その分、新しく出てきたものに対する感度は鈍くて、よくわからないのだから。

そういえば、と自分自身が若かった昔のことをふと思い出す。会社の上司である課長と雑談をしていたとき、こんな風に云われたことがあった。

「スピッツ、スピッツって若い子が騒ぐから、どんなバンドだろうと思って聴いてみたんだよ。そうしたら、なーんだ、と思ったね。つまり、僕らの頃でいうチューリップみたいなもんだ」

「はあ」と一応答えたが、内心では反発していた。

「スピッツはスピッツだろう。どうしてわざわざチューリップに置き換えなきゃならないんだよ」

ジュリーの実物を知らない若者が「キムタクみたいなもんですか」と訊くのはいい。理解の手掛かりがそれしかないのだから。しかし、実際にスピッツを聴いたにも拘わらず、わざわざ昔のバンドに譬《たと》える必要はないではないか。「おじさんってやだなあ」と私は思った。

ところが、である。くるくると時計の針が回って、いざ自分がおじさんになってみると、怖ろしいことが起こった。

或る日、なんとなく観ていたテレビに、女性だけのバンドが出てきて演奏を始めた。「あ、これがチャットモンチーか」と思う。次の瞬間、私の頭に浮かんだ考えはこうだった。

「ああ、そうか。僕らの頃でいう少年ナイフみたいなもんか」

はっとする。これってスピッツをチューリップに変換した課長と全く同じではないか。

それでわかったのだ。あのとき、課長が本当に拘っていたのはスピッツやチューリップの音楽性ではなくて、「僕らの頃」って部分だったんだ。

年を取ると「今」についていけなくなる。だから、それを「僕らの頃」に変換することで、目の前の現象をやっと受け入れることができる。「今」はもう「僕らの頃」じゃないんだなあ。

また、こんなこともあった。外国のホテルの部屋でテレビを点けたとき、最初は何も考えずに観ているのだが、そのうちに奇妙な脳内作業が始まった。

「あ、そうか。この女性は黒柳徹子的なポジションだな」とか「この人は所ジョージ、で、こっちが和田アキ子か」と画面内の外国人を勝手に日本のタレントに置き換えてしまうのだ。挙げ句に、どこの国にも一人ずつ黒柳徹子がいるんだなあ、などと納得。

これは『僕らの頃』でいうと現象」の別バージョンで、『僕らの国』でいうと現象」ということになるのだろう。

これらの経験を通して、人間の心には奇妙な性質があることがわかった。目の前の現象を既知の何かに置き換えることによって測り直そうとするのだ。

その究極型として、天才放浪画家として有名な山下清のエピソードが思い浮かぶ。彼は捉えがたいモノやコトに出会うと、必ず次のフレーズを口にしたらしい。

「それは兵隊さんの位でいうとどれくらい？」

自分にとって最も親しい物差しによって対象のスケールを測ろうとしていたのだろう。自身の芸術や旅先の風物までもが「兵隊さんの位」に置き換えられるところに、人間の本質が剝き出しになっているような感触があって忘れ難い。

広いお風呂がいいかなあ

「ああ、広いお風呂はやっぱり気持ちがいいなあ」

温泉や銭湯について、そんな感想をよく耳にする。一種の決まり文句のようでもある。そのたびに内心、うーん、そうなのかなあ、と思う。

露天風呂だから気持ちがいいとか、檜造りの風呂桶だから気持ちがいいとか、それならわかる。でも、広いから気持ちがいいという感覚は、私にはあまりぴんとこないのだ。

広いといっても自分一人で独占しているわけではない。その分、利用している人間の数も多いのだ。どこを見ても誰かの裸が目に入って落ち着かない。

或るときなど、湯船に浸かっている私の顔の横で、仁王立ちになったおじさんが太鼓腹を叩き出したことがある。ぱんぱんぱーん。ぱんぱんぱーん。ぱんぱんぱーん。ううう、落ち着かない。どうしてそんなことがしたいのか。「今ここに確かに存在する自分」の響きを楽しんでいるのか。それとも何かの合図だろうか。

そういうことをする男性は大抵、声が大きく、友達が多く、活動的なタイプである。山の頂上では「ヤッホー」と云いそうだ。

私だって、狭すぎるお風呂は嫌だ。でも、特別広くなくてもいい。プールのようなお風呂に入りたいとは思わない。ゆったりと手足が伸ばせる空間を独占するか、露天の家族風呂なんかの方が望ましい。

また、広すぎるトイレも苦手である。こちらはお風呂とちがって一人で独占できるわけだが、それでもやっぱり落ち着かない。以前、地方の喫茶店で八畳くらいありそうなトイレに入ったときは驚いた。おそるおそる便座に座って、辺りをきょろきょろ。広いなあ、壁が遠いなあ、と思って心細くなる。この部屋の中にさらにトイレをつくって欲しいよ。

大きさということで思い出すのは、お風呂やトイレだけではない。私は古賀春江の「海」という絵が好きで憧れていた。いいなあ。欲しいなあ。部屋に飾りたいなあ。有名な作品であり、所有することなど不可能だが、そんな風に妄想していた。

ところが、或る日のこと。美術館で実物を見る機会があった。びっくりした。でかいのである。この上で人間が寝られそうだ。すると、奇妙なことが起こった。欲しいという気持ちが、すーっと消えてしまったのだ。たぶん大きさに圧倒されたのだろう。

結局、どうしたかというと、ミュージアムショップで「海」を模した眼鏡拭きを買って帰った。これならポケットに入れられる。きゅっきゅっきゅっ。みみっちいなあ。

さらに云うと、私はあまりにも大きな女性の胸を見ると気圧されてしまうこともある。「海」のときと同じように自分の中の欲望が消えて、負けました、という気持ちになる。勝負しているわけじゃないのに。

しかし、このような感じ方には個人差がある。お風呂もトイレも広ければ広いほど快適で、絵画も女性の胸も大きければ大きいほど好ましい、という人もきっといるにちがいない。

私が大きなものを苦手としているのは、人間の器が小さいせいかもしれない。そんなことをふと思う。

また、大きさ以外でも、なんというか、ぱっちり決まりすぎているものに、よくわからないプレッシャーを感じてしまう。その感覚は、さまざまな対象に向けられる。例えば食べ物。

「炊きたてのご飯はやっぱりおいしいなあ」

これもよくきく言葉である。多くの支持を集める定番的な意見らしいのだが、実は私はあまりそう思ったことがない。

特におにぎりの場合、炊きたてのご飯の握りたて、というのはどうも落ち着かない。ほかほかしていると、なんだかおにぎりとして未完成というか、まだ確定していないように感じるのだ。子供の頃、遠足で食べた冷たいおにぎりが懐かしい。

そんな私は、一般には歓迎されないというか、しょぼいとされるものを好む傾向がある。例えば、炭酸が抜けかけたコーラとか、しけったお煎餅とか。堂々と主張したことはないけど、密かに好きなのだ。お鮨屋さんで、ぬるくなったお茶を熱々のそれと差し替えられることがある。サービスなんだけど、あ、そのままでよかったのに、と思うことも多い。

ところが、である。あれはいつだったか。コンビニエンスストアで「微炭酸」と書かれた飲み物を発見して、やった、と思った。そうでしょう。やっぱりこれが飲みたいでしょう。とうとう世間が私の器の小ささに追いついてきたようだ。

敬語を使ってはいけない

スターバックス・コーヒーに行くと、いつも同じものを注文してしまう。具体的にはカフェミスト。以前はカプチーノばかりだった。

或る日、友達から「カフェミストが美味しいよ」と教えられて、それを頼むようになったら、何故かそれまで馴染んでいたカプチーノが注文できなくなった。どうやらスターバックスにおける私の脳内メニューは一種類までと決まっているらしい。一つ入ると一つ消えてしまうのだ。

だが、ドトールやサンマルクカフェでは、現実のメニューを見て、何でも注文することができる。それらのお店では脳内メニューに頼る必要がないのである。

もうおわかりと思うが、私はスターバックスでは現実のメニューを見ていない。というか、見ることができない。理由は緊張するから。つまり、スターバックスはお洒落すぎて自分の身の丈に合っていない、と感じているのだ。

「そんなことないよ、スタバのサイトに連載だってしてたじゃないか。もう常連だよ」と自分で自分に云い聞かせようとする。でも体が納得しない。カウンターの前に立つと、全身の細胞が、駄目だ、僕にはまだ早い、と叫び出す。店員さんに優しくされると、逆にピキピキしてしまう。身の丈に合わない、という感覚の根深さを知る。「まだ早い」ってもう五十四歳だぞ。いつまで待てというんだ。

カフェよりもさらに大きなスケールでも、この問題は発生する。例えば町。私が実際に住んでいるのは、とても気楽な町だ。ＯＬっぽい女性がおにぎりを食べながら歩いている。作務衣《さむえ》を着たお爺さんがスケボーに乗っている。パジャマ姿の少年がコンビニで立ち読みをしている。

そんな地元から、たまに代官山のようなお洒落な町に行くと緊張する。駅ビルからして佇まいが違うのだ。色々な匂いのするモノ（よくわからない）を売っているお店とか。くんくん、いい匂いだなあ。緑が多くて環境もいい。並木の通りを歩きながら、たまたま入ったパン屋さんのレーズンパンがとっても美味しくてびっくりする。

こんな町に住みたいものだ。その気持ちに嘘はない。それなら引っ越せばいい。が、できない。何となく構えてしまうのである。

例えば外国人。代官山で擦れ違う彼らは自信に充ちた微笑を浮かべている。一方、我が町の外国人の笑みはどこか気弱そうだ。回転寿司屋でよく会う顔見知りの一人は「まぐろダブルね」と周囲にすっかり溶け込んでいる。

或いは坊主頭。代官山で見かける坊主頭はなんだか恰好いい。我が町の坊主頭が、気づいたらこうなっていた風なのに対して、お洒落な町のそれはどこかが違っている。攻めの坊主頭というのか。

自信に充ちた外国人の微笑や攻めの坊主頭の一つ一つが私を緊張させる。憧れるけど疲れる。ひとことで云えば、やはり身の丈に合わないのだろう。

そんな身の丈問題が最もクローズアップされるのは、対人関係においてである。仕事の関係や家が近いせいもあって、小説家の川上弘美さんやエッセイストの平松洋子さんとお話しする機会がある。年齢も近いし、昔からの知り合いなので、友達口調で話すのだが、そのとき、微妙な無理を感じる。彼女たちは自然に話してくれている。こちらが一方的に緊張しているのだ。

これはあれだな、と思う。身の丈に合わないことをしているときの感触だ。彼女たちと、こんな風に友達口調で話せる自分ではないことを細胞が感じ取っているのだ。

川上さんや平松さんの手料理を御馳走になったことがある。素晴らしかった。物書きとして優れた仕事をしていながら、こんなおいしいものが作れるなんて、と感動した。しかも、二人ともお酒が強い。

一方、私は料理はおろか、四十過ぎまで両親と同居して、母の生前は母に、その死後は父にパンツまで洗って貰っていたのだ。対等になんか話せないよ。お酒はビール一杯で顔が真っ赤だし。

でも、と思う。ここで振る舞いを身の丈に合わせてしまったら、もう彼女たちと友達ではいられない。ファンに戻ってしまう。敬語を使ってはいけない。がんばれ。がんばるんだ。私は細胞の声を抑えつけるように、あはは、へえ、そうなんだあ、などと話し続ける。敢えて気軽そうに、どこまでも友達っぽく。

痛いところ

あれはいつだったろう。何人かでお茶を飲んだことがあった。お店を選んで、席について、全員が注文を終えて、ほっと一息吐いた。私は辺りをぼんやり見回しながら、感じのいい店だな、と思っていた。そのとき、後輩の男子がこう云ったのだ。

「ほむらさんの好きそうな店ですね」

むっとした。いや、彼の言葉は当たっている。現に私は「感じのいい店だな」と思っていたのだから。でも、それを見抜かれるのは嫌。指摘されるのはもっと嫌。

何故なら、その店の壁は白く、高い天井にはゆっくりとファンが廻っていた。さらに大きな植物の鉢があって、絵本を並べた本棚があって、美しい木のテーブルに種類の異なるアンティークの椅子が配されている。いわゆるお洒落カフェだったのである。

つまり、こういうことだ。私はお洒落なカフェが好き。でも、お洒落なカフェが好きな人と思われるのは嫌。この気持ち、わかって貰えるだろうか。

勿論、後輩には悪気はなかっただろう。でも、似たような状況で同じことをこんな風に云う人もいる。

「ほむらさんの好きそうなお洒落な店ですね」

「やめて！」と叫びたくなる。恥ずかしいじゃん。でもでも、さらにけしからん云い方をする者もある。

「ほむらさんの好きそうなコジャレタ店ですね」

むう。こいつは「敵」決定だ。「コジャレタ」とは私に対する宣戦布告に他ならない。

人間は自分の痛いところを突かれると怒るという。「コジャレタ」好きとは、私にとってのツボなのだろう。

そう云えば、ずっと昔、学生時代にも、似たような出来事があった。あれはみんなでサークルの部室にたむろしていたときのこと。点けっぱなしのラジオから或る女性歌手の曲が流れてきた。そのとき、後輩の一人がこう云った。

「ほむらさんの好きそうな曲ですね」

私は狼狽《うろた》えた。彼の言葉は当たっていた。でも、この曲は……。否定しようか、それともさり気なく「うん」と云った方がいいか、いや、もう遅い。その場を奇妙な沈黙が支配した。

あのときの後輩も、部室にいたみんなも、そんな出来事はとっくに忘れているだろう。でも、私は覚えている。あれだけのことであんなにあたふたするなんて情けない。

たぶん、私は心の深いところで自分に自信が持てていないのだろう。こうありたいと願う自分と、現実の自分との間のズレがあまりにも大きく、しかも、折り合いをつけるスキルが低い。

現実の自分を素直に認めるなら認める。それが嫌なら、本気で別の自分を目指せばいい。そのどちらにも徹底できないまま、曖昧に己を誤魔化しながら生きている。

だから、何かの拍子に化けの皮が剝がれそうになると、焦ってしまうのだ。私がどんな店を好きだろうが、どんな曲を好きだろうが、他人からすれば全くどうでもいいことだ。頭ではよくわかっている。でも、自意識の暴走が止められない。

好きな芸能人は誰ですか、とか。最近よかった映画は何ですか、とか。そんな些細な質問に対していちいち緊張するのも同じ理由によるのだろう。自分を実際以上の存在に見せたいと思うあまり、心が痛いところだらけになってしまうのだ。

あのとき、部室のラジオから流れてきた曲は「翼の折れたエンジェル」だった。

つまり、こういうことだ。私は「翼の折れたエンジェル」が好き。でも「翼の折れたエンジェル」が好きな人と思われるのは嫌。

こんなフレーズを覚えている。

チャイニーズ・ダイスをふって
生きてくふたりの夢を
誰もがいつだって
笑いとばした

うう、恥ずかしい。「チャイニーズ・ダイス」……、恥ずかしい。でも、恰好いい。

鼠の顔

数日前、渋谷に出かけたときのこと。駅前でTシャツ姿の白人男性と擦れ違った。ダウンジャケットを着込んだ私は思わず振り返って見てしまった。

十二月である。彼がどんな寒い国から来たのか知らないが、あれで平気なんだろうか。ちらっと周囲を見れば、自分が圧倒的に薄着だってことはすぐわかるはずなのに。

でも、その人は全く自然に二人の友人（それなりの厚着）たちと何かを語りながら歩いていた。うーん、と思って、私は試しにダウンジャケットの前を少し開けてみる。いや、これはやはり寒いだろう。

極端に薄着の外国人を見るのは初めてではない。数年前の真冬、某駅の暗い地下道で地面に何かを並べていた人が、やはりTシャツだった。

彼の商品は針金細工のようなものらしかった。真冬の、極東の、ぽたぽた水の滴る夜の地下道で、地面にカラフルな針金細工を並べて売っている。でも、立ち止まるお客はいない。

私は少し離れたところから、Tシャツ人間の様子を窺った。特に寒そうでも、淋しそうでも、虚しそうでもなく、その表情は穏やかだった。

この人は、この状態に何の疑問も感じていないのだ。どうして、自分はこれで良い、と確信できるのだろう。その態度が羨ましかった。もしも私が彼だったら、あんな表情ではいられない。

夜の地下道どころか、暖かな部屋のソファにゆったりと腰を沈めて珈琲を飲んでいても、私の心はどこかびくびくしている。そのときの自分の状態や行動に対して、それで良いのかどうか、自信がもてないのだ。

服装とかソファで珈琲を飲むとかに良いも悪いもない。誰に迷惑をかけるわけでもないのだから、自分さえ良ければそれでOKなのだ。と理屈ではわかっている。しかし、一人になるともやもやした不安に包まれる。

以前、付き合っていた女性と街に出かけたときのこと。彼女に急用が入って、いったん別行動をとることになった。じゃ、七時にあそこでね、と待ち合わせの約束をしてから、私はしばらくぶらぶらして時間を潰した。

数時間後に再会したとき、彼女は驚いたように云った。

「どうしたの？　鼠みたいな顔して」

鼠ってどんな顔だっけ。と思いつつ、云われていることはわかった。不安そうな、惨めに荒んだ表情になっていたのだ。一人で街を歩いていたから。


そんな私は、迷いの無さ、静かな自信、これで良いという思い込み、などを自然に備えた人に出会うと、眩しさのあまりつい見つめてしまう。

或る友人の言葉を覚えている。

「僕は西日が好きだから」

そのとき、彼は引越しを考えていて、仲間の前で新しい部屋の話をしていたのだ。その場にいた私たちは驚いた。良いのか、南向きとか東南角とかじゃなくて。西日ってなんとなくイメージが悪いんじゃないか。「西日だけが入るせまい部屋で二人」みたいな歌謡曲もあったよ。でも、彼の表情は落ち着いている。誰に何を云われても、西日が好きなのだ。


昨年、新刊記念のサイン会をした。私は一人一人の本に、その人の名前と自分の名前を書き、短い言葉を添えていた。

そのとき、一人の女の子が、私の足下をちらっと見て呟いたのだ。

「そのズボン、きもち短くないですか」

ぬ、と思う。でも顔には出さない。「え、そう？」などと軽く返して、にこやかにサインを続けながら、けれど、心はその言葉にずっと囚われている。きもち短いきもち短いきもち短いきもち短い。

だって、と脳内で反論が始まった。このズボン買った店のお姉さんは、これでちょうど良い、って云ってたよ。あの店員さんが嘘を吐いたのか、それとも君が間違ってるのか。

この女の子の手を摑んで、あの店に連れて行きたい。そして店員さんと直接話し合って欲しいと思う。僕のズボンの丈はこれで合ってるのか、それとも本当に「きもち短い」のか。君たちの間ではっきりさせてくれ。だって、そうじゃないと……、ああ、鼠の顔になってゆく。

云えない

目の前の女性が、初々しい女の子であるよりも、無表情なおばさんである方が、望ましい場面がある。それは病院での採血のとき。若いナースが大切そうに私の腕をとって、脱脂綿で丁寧にこしこし拭いてくれるのをみていると、だんだん不安になってくる。

大切そうとか丁寧っていうのは、一見いいことのようだが、この場合は違う。その作業にまだ慣れていないというか、手順が身に付いていないことを示してるのだ。こうやって、こうやって、これを巻いて、よし、できた。血管は、ここかな、いや、こっちかな、えーと、うん、ここでいいや。よし、刺すぞ、えいっ。

うわーっと叫びたくなる。だって、動作のひとつひとつから心の声がきこえてくるのだ。素人の私に筒抜けになるってことは、彼女がまだプロになっていない証拠ではないか。

一生懸命やってくれてるのはわかる。でも、現実の壁ってそういう努力に対しては不思議なほど高くて硬いものだと経験的に思うのだ。

その逆に、ベテランっぽいナースが、こちらの腕をあっさりモノのように扱ってくれると、ほっとする。ああ、こうやって今までに何千本もの腕を「処理」してきたんだろうな、と感じるからだ。

人間の雰囲気や佇まいは、情報としての精度が高いらしく、殆どの場合、結果は予想通りになる。無表情なベテランの採血は、針を刺したのもわからないような早業で、はい、一丁あがり、だ。

初々しいナースは、慎重に血管を狙ってなんとか針を刺してくれたけど、血を吸い上げている途中で腕に変な衝撃が来た。「あ、あ、抜けちゃった、ごめんなさい」うううと思いながらも、「いえ、大丈夫です」と答えるしかない。だって、頑張ってくれてるのはわかるし、誰だって初心者のうちは上手くできないし……。

「ほんとに、ごめんなさい」と繰り返しながら、彼女は途中まで私の血の入った注射器をゴミ箱に「ガゴン」と放り込んだ。それをみて、奇妙なショックを受ける。いや、確かにそうする以外ないってことは理解できるんだけど、このもやもやは何だろう。自分の血を捨てられるってことに慣れてないからなあ。

「反対の腕をお願いします」と云われたとき、一瞬、躊躇《ちゅうちょ》する。あの、できれば他のナースに代わって欲しい。でも、云えない。云えないでしょう、普通。

個人の技術というものは、そんなに急には上達しない。私の血管も急に太くなったりはしない。案の定、「あ、あ、あ、ごめんなさい」という結果になってしまった。注射器が抜けるとき、血管に響く衝撃が気持ち悪い。

「大丈夫ですか。ほんとにごめんなさい。御気分は悪くないですか」

「だ、大丈夫です」

「ごめんなさい」

「は、はい」

「ガゴン（血の捨てられる音）」

「ううう」

ふと顔を上げると、目の前の人が代わっている。可愛い女の子から頼もしいおばさんに。彼女は前任者が二回失敗したあとの代打というプレッシャーをものともせずに、あっさり採血を成功させてしまう。最初からあなたにお願いしたかったです。

その夜、寝る前にふと考えた。あのとき、こちらの希望を主張した方がよかっただろうか。でも、できなかったのだ。一回くらい失敗することは誰にでもある。それに、もしかしたら、私の血管が特別抜けやすいのかもしれない。

でもでも、ちゃんと要求するのは、個人のためであると同時に社会を維持する上でも大切という説をきいたことがある。何でもなあなあで通してしまったら社会の底が抜ける。互いに正当な権利を主張しながら全体として向上していくという発想だ。それは正しいのだろうか。ならば、可愛いナースに、無理して「大丈夫です」を繰り返した私はエロ偽善者か。

翌朝、左腕をみて驚く。一面の紫色。内出血だ。そういえば二回目に針を刺された瞬間、妙に痛かった。注射に関しては、痛いと思ったら、やはり、その場で訴えた方がいいようだ。

夢の水曜日

或る日、道を歩きながら、こんなことを考えた。今までの人生において、私がいちばん真剣に、強く、繰り返し、願ったことはなんだろう。「自分の本を出したい」という夢を自費出版という形で無理矢理叶えてしまったので、後は生活上のことになるだろうか。

「海の見える家に住みたい」「専属のマッサージ師を雇いたい」「オーシャン2000軍用タイプ3H表記有（腕時計です）が欲しい」など、幾つかの候補を思いつく。でも、すぐに、いや違う、と思い直した。そのどれよりも切実な思いがひとつあった。それは「水曜日を休みにしてほしい」である。会社員時代、この願いを何度心の中で唱えたことだろう。

月曜の朝、私はいつも20パーセントくらいしか私ではなかった。だって、そこから金曜日までがあまりにも遠すぎる。霞んでみえないほどだ。今から100パーセントでやってたら、とてももたないよ。

落ち着け。金曜は必ずやってくる。今までだってそうだったじゃないか。と云いきかせても、なんだかぼーっとして力が入らない。会社に着いても、お茶を飲んだり溜まったメールをチェックしたり、のろのろのろのろしている。これから始まる長い長い一週間のためのウォーミングアップのつもりなのだ。

当然、仕事の能率は悪い。ちっとも進まない。だからと云って、本人が楽というわけでもない。だらだらしているくせに、いや、だからこそ、心のなかは真っ暗。最悪のパターンだ。

もしも、水曜日が休みだったら、と私は思った。全ての状況が一気に変わる。何よりも月曜日の気持ちが違う。

だって、月、火と二日行ったらまた休みなのだ。それなら耐えられる、というか、積極的に頑張れる。残業でも寝不足でも、二日間だと思えば乗り切れるのだ。だらだらしたウォーミングアップともおさらばだ。今まで月、火、水の三日間かけてやっていた作業を月、火の二日でやることは充分可能だろう。

そして、夢の水曜日。たっぷり休んで充電して、翌日出社したらもう木曜日だ。なんということ。明日はもう金曜、つまり週末じゃないか。素晴らしい。魔法のようだ。週の真ん中が休みになっただけで、こんな薔薇色の生活があっさり実現してしまうのだ。

だから、「水曜日を休みにしてほしい」。月曜日の絶望的な暗さのなかで、私は何度も何度もそう考えた。

日本の会社員の八割五分は、この願いに賛成してくれるだろう。署名を集めるまでもない。私には確信があった。月曜の朝の電車内でひとこと呟いてみれば、すぐにわかることだ。

「水曜日が休みだったらいいと思いませんか」

周囲の人々がはっとして、それから表情がぱっと明るくなる。「うん」「そうだね」「賛成」などの小さな声が返ってくる。

「そうしたら月曜の朝からがんがん仕事を頑張れて、作業効率はむしろアップしますよね。しかも、会社としても光熱費等が削減できる」

「まったくだ」「その通り」という声が大きくなる。

「その上、家族とのふれあいの時間も増えて、全てが良い方向へ回り出す」

「そうだそうだ」「ブラボー」と満員の車内は今や熱い歓声に充ちている。私は手を振って応える。

「ありがとう。ありがとう。近い将来、必ずそうなるに違いありません。だって、熱い思いを共有する仲間がこんなにも沢山いるのですから」

ところが、である。ならないのだ。水曜日が休みに。いつまで待っても。気配もない。どうしてだ。私は焦った。何故ならない。わからない。

私は選挙のたびに思った。「水曜日を休みにする」と公約すれば、それだけで絶対勝利できるのに。何故、誰も云わないのか。政治家ってみんな馬鹿なのか。

それとも誰かが邪魔をしているのか。これほど多くのこれほど熱い願いを封じ込められる誰かとは……、もしや「影の総理」だろうか。彼はその強大な権力を使って、我々から夢を取り上げて月曜日を真っ暗にした。そして、自分だけこっそり休んでいるんじゃないか。水曜日。

百葉箱の謎

町中で電話ボックスを見かけると、おっと思う。いまどき珍しい。がんばってるな。どの電話ボックスを残すか、誰がどんな基準で決めているんだろう。

駅の伝言板はもう絶滅してしまったのだろうか。最後に見たのは、いつだったろう。電話ボックスは完全に消滅することはなさそうだけど、伝言板が生き残るのは厳しいだろうなあ。

電話ボックスや伝言板が消えてゆく理由は、はっきりしている。携帯電話やスマートフォンが普及したからだ。それらは電話ボックスや伝言板の代わりの役目を充分に果たす。

でも、じゃあ、痰壺はどうなんだろう。昔は駅のトイレや廊下の隅などにひっそりと置かれていたものだけど、この頃はめっきりみかけなくなった。ごく稀に出会うと、わざわざ近づいて懐かしんでしまう。写真を撮ったりして。

あの痰壺の代わりはなんなんだろう。電話ボックスや伝言板に対する携帯電話に当たるモノが思いつかないのだ。人間の体がバージョンアップして、平成生まれは痰が出なくなったのか。いや、そんな話はきいたことがない。不思議だ。代わりのものが生まれたわけじゃないのに、痰壺は姿を消してしまった。或る世代以下には、存在を知らない人も結構いるんじゃないか。痰壺を作っていた会社はどうなったんだろう。

電話ボックスや伝言板や痰壺が絶滅に向かう一方で、どんな大都会にあっても、社《やしろ》や鳥居は健在だ。ビルの谷間や屋上など思いがけないところにも、それらはちゃんと残っている。

邪魔だから移動させようとしたけど、工事中に何度も事故が起こって、とうとう動かすことを諦めた、などということもあるらしい。祟《たた》りじゃ。

そんな話をきくと、愉快な気持ちになる。いや、祟りが嬉しいわけではない。ただ、経済の原則や効率のみによって、世界のリアリティが一元化されてしまうことに対する、意外な、そして強力な抵抗勢力に出会った気がするのだ。がんばれ祟り。

世の中には、電話ボックスと社の中間的なモノも存在する。百葉箱だ。

百葉箱（名詞）
気象観測用の白ペンキ塗り鎧戸《よろいど》の箱。天井に通気筒を設けて通風をよくし、温度計、湿度計などを入れておき、気象要素を観測する。

辞書にはこんな風に説明されている。小学校の校庭の隅によくあった。謎の白い箱というイメージだったけど、九〇年代まで各地の最高気温などはあれで計測したものが発表されていたらしい。すごいなあ、意外に最近まで現役だったんだ。

「謎の白い箱」というイメージがどこからきたのかというと、まず「百葉箱」という名前。なんだか、ロマンチックだ。それから、あの「白ペンキ」の質感。さらには独特の「鎧戸」。そんな外観と存在感にも拘わらず、用途は「気象観測」と合理的なところが面白い。科学を祀《まつ》った社とでもいうべきか。

だが、極めつきは、誰からきいたのか忘れたが、全ての百葉箱の中には、女性の髪の毛が収められている、というホラーめいた噂だった。

インターネットで検索してみると、幾つもヒットした。

〈湿度計にはフランス人女性の髪の毛が使用され、「髪の毛の伸縮で湿度を測定して

いた」（帯広測候所）という〉

〈「毛髪式湿度計」というそうだ。細いひものようなものがピーンと張っている。何本かの髪の毛が束ねられ、ねじってひも状にしてあるという〉

〈資料によると、フランス女性の金髪が細く均質で最も適しているということだ。日本の製造会社も、欧州から女性の金髪を輸入して気象台や学校に納めていたという〉

なんと噂は事実だった。しかも「フランス女性の金髪」とは。

詩的な名前と不思議な外観の中に、科学に仕える顔を隠しつつ、しかし、その核に用いられているのは「フランス女性の金髪」と、また呪術めいてくるところがなんとも魅惑的だ。なんて、私が知らなかっただけで、きっと全国には沢山のマニアがいて、愛好会などもあるに違いない。百葉箱よ、永遠なれ。

何もない青春

私は札幌生まれだが、父親の仕事の都合で二歳の時に神奈川県の相模原に引越した。だから、実際の北海道の記憶はない。

再び札幌に住むために千歳空港に降り立ったのは、一九八一年の春のこと。北海道大学に入学したのである。北のクリアな空気を感じながら、私のテンションは上がっていた。自分を知る者のないこの町で、惨めだった中高時代の記憶から抜け出すのだ。

これは以前にも書いたことがあるが、あまりにもテンションが上がりすぎて、札幌に着いた初日に、大通公園を歩きながら、道行く女子高生に声をかけてしまった。いや、ナンパではない。

「あの、この辺に床屋さんはありませんか？」

ナンパよりも変。でも、札幌の高校生は親切だった。

「ヨンプラの上にありますよ」

「どうもありがとう！」

元気にお礼を云ったものの、「ヨンプラ」がなんだかわからない。ところが、そのとき光の速さで啓示が降りてきた。「4丁目プラザ」という建物があるにちがいない、と。

今、振り返っても、あの瞬間が私の生涯における直観のピークだったと思う。「ヨンプラ」が4丁目プラザの略であることに気づくような閃《ひらめ》きは、その後の人生で二度と発動していないのだ。ハイテンションおそるべし。

早速「ヨンプラ」の上の床屋で髪を切って、私は生まれ変わった気持ちであった。

入学後、最初に仲良くなったのは同級生のYくんだ。彼とルームシェアすることになった部屋は、藤女子大の寮の真向かいだった。時折、建物の一角から反響した嬌声がきこえてくる。あそこがお風呂なのかなあ、と思った。

しかし、覗こうとは思わなかった。それどころか、女子大生と仲良くなろうとも思わなかった。正確には思いつかなかったのである。

同様に(?)、せっかく札幌に来たのだから、蟹を食べようとか、味噌ラーメンを食べようとか、全く思いつかなかった。

御飯と云えば、大学の生協で百九十円のカレーか二百六十円のカツカレーを食べる。お金があるときは近所の喫茶店で生姜焼き定食を食べる。特別にお腹が空いているときは生姜焼き定食を二つ食べる。せめて一つは別のものにするという発想がない。ロボットか。いや、ロボットは生姜焼き定食、食べないけど。ウエイトレスが不思議そうな顔で同じ定食を二つ運んできたのを覚えている。

そんな私の行動範囲は地下鉄の北24条駅からすすきの駅の間で、その外側へは在学中にとうとう一度も出なかった。小樽に行ってみようかな、といった考えが浮かばないのだ。

女子大生や蟹や味噌ラーメンや生姜焼き以外の定食や小樽へのアプローチを思いつかない青春って、一体なんなんだろう。後から振り返って、よほど鈍感というかデクノボーなのかと自分を疑ったこともある。

しかし、今はそうは思わない。考えが変わったのだ。本当は、何も起こらないのが青春なんじゃないか。若者の視野の狭さは単なる経験不足によるものではないと思う。おかしな云い方だが、厖大《ぼうだい》な未来という時間が目の前の「今」に流れ込んで、空白の可能性を埋めてしまうように感じられる。だから、不思議なほど何もできない。何も起こらない。ぼんやりしながら、けれど、心のどこかで焦っている。

現在の私は仕事や旅行で地方に行くとき、その土地ならではのおいしいものを食べたいな、と思う。そして、そんな自分に奇妙な引け目を感じる。ヤキが回った、とはこのことだろうか。

でも、生姜焼き定食二つなんて荒技はもうできない。やっても惨めなだけだろう。諦めて楽しく名物を食べるしかない。「今」の可能性に流れ込んで、そこを埋め尽くすような未来は永遠に失われた。本当の青春は終わったのだ。

「吾等が三年《みとせ》を契る絢爛《けんらん》のその饗宴《うたげ》はげに過ぎ易し」という一節が甦る。在学中に何度もきいた恵迪《けいてき》寮歌の前口上である。しかし、リアルタイムではその言葉の意味は心を素通りしていた。それが三十数年のときを経て胸に響く。青春らしい出来事は何一つ起こらなかった。吾が「絢爛」の「饗宴」よ。

お菓子の話

日曜の午後のこと。珈琲を飲みながらお菓子を食べていたら、妻がこんなことを云い出した。

妻「そういえば小さい頃、一人で留守番をしていて、ブルボンのお菓子を食べようとしたことがあった」
ほ「へえ、ブルボンのどんなお菓子？」
妻「紫の、なんだっけ」
ほ「ルマンド？」
妻「そう、それ。でも食べられなかったの」
ほ「どうして？」
妻「まだ小さくて、たぶん三歳くらいで、ビニール袋が破れなかったの。なんとかして食べたかったから、ガジガジ噛んでがんばった。でも、どうしてもどうしても破れなかった。袋の中でお菓子がぽきぽき折れて、ばらばらになるのが見えた。叩いたり、ぐーっぐーって歯で引っ張ったりして、お菓子が粉になるのが見えた。でも、あたしの口には入ってこなかった」

最初は、そんなに小さい子供に留守番なんてさせるかなあ、などと疑問を感じながら、ぼんやり話を聞いていた。しかし、途中から、妻のひと言ひと言に余りにも心がこもっていて圧倒された。三歳の彼女がどれほどそれを食べたかったか、でも食べられなくて悲しかったか、ということがびりびり伝わってくる。

ほ「これ、好きなだけ食べなよ」

そう云って目の前のお菓子をずずっと押しやった。

妻「ありがとう。でも、今はいい」

それから、また思い出したように云った。

妻「サイコロキャラメルを食べて叱られたこともあったな」

ほ「どうして叱られたの？」

妻「お店のだったから」

ほ「え、お店で食べちゃったの？」

妻「うん。お母さんが買い物してて、レジの前でそれを待ちながら。最初はびっくりしたの。こんなに大きいキャラメルがあるんだって。それまでは普通の、あの、なんだっけ」

ほ「森永の？」

妻「うん。それしか知らなかったから。なんて大きいキャラメルなんだろう、なかなか口に入らないな、って思ってたら、『何してるの、駄目でしょう！』ってお店の人に叱られたの」

ほ「それを覚えてるんだ」

妻「うん」

ほ「覚えてるってことは、ショックだったんだね」

妻「そうだね。悪いことって思ってなかったからね」

私は妻がお店のお菓子をその場で食べるところを見たことがない。また、今はどんなお菓子のビニール袋もばりばりと簡単に開けている。

ほ「成長したんだね」

妻「そうだね」

だが、残念なことに、お菓子の位置づけは、人間が成長するにつれて下がってゆく。大人になった今なら、普通のお菓子は買いたいだけ買える。でも、そのときには、買いたいという気持ちそのものが失われているのだ。三歳のときの妻のように熱い気持ちで、ルマンドを求めることはできない。

と云いつつ、最近、大量に買い込んだお菓子があったことを思い出した。その名は、じゃがポックル。

ここ数年、札幌や函館や旭川や苫小牧で仕事をするたびに十箱ずつ買っていた。北海道でしか手に入らない、という気持ちが空港の土産物売り場で爆発するのだ。

だが、問題が一つある。北海道に行く前にたまたま会った編集者や友人に、じゃがポックルのおいしさを吹聴しては「沢山買ってくるから一箱あげますね」などとつい云ってしまうのだ。

にも拘わらず、その言葉通りにあげたためしがない。「沢山買ってくる」のは嘘ではない。でも、編集者や友人に会う前に、ほとんど自分で食べてしまうのだ。

十箱の中の一箱をあげるのはいい。でも、あと三箱くらいになってくると、その一箱が急に惜しくなる。ケチだろうか。じゃがポックルをあげるあげると云ってちっともくれない人、という評価が、そろそろ定着しそうで不安だ。

未来になって判明したこと

私は転校生だった。全部で三つの小学校に通っている。父の仕事の関係で、いろいろな土地を転々としたのだ。そのせいで、ここが地元という感情を持てる町がない。

このところ、父とともに、自分が子供の頃に住んだ各地の家を見に行く、ということをしている。そんな気持ちになるのは年をとったせいなのだろう。

母が亡くなった今、父が元気なうちに一緒に見ておきたいという思いがある。幼かった私だけの記憶では現地に辿り着けないこともある。当時の自分に見えていた世界を、その変化を、現在の目でもう一度捉え直してみたいのだ。

昔住んでいた家を探して町を歩きながら、父と話をする。多くの場合、懐かしいとか変わったなあとかいう感想になる。

だが、稀に懐かしいでは済まないような意外な事実が判明することがある。

先日、小学校四年から五年にかけて住んでいた横浜の瀬谷に行ったときのこと。

私「ああ、ここだよ。小学校」
父「おお、変わってないな」
私「この前に通ってた相模原の学校が好きだったから、転校するのは嫌だったなあ」
父「うん」
私「まあ、お父さんが転勤したんだから、仕方ないけどね」
父「えっ？」
私「転勤で家が引越したから、僕も転校したんでしょう？」
父「違うぞ」
私「え？」
父「俺は転勤してないよ」
私「ええっ。じゃあ、なんで引越したの？」
父「あの頃、お母さんが占いに凝って、占い師の先生にこっちの方角がいいって云われたんだ」
私「えーっ!?」

びっくりした。私の記憶と全然違うじゃないか。しかも、「占い」って何それ。驚きのあまり矢継ぎ早に尋ねてしまう。

私「どうして？　何の占い？」

父「お前の目が悪いのを心配したお母さんが占いに凝って、こっちの方角に住めば良くなるって云われたんだ」

私「それでわざわざ引越したの？」

父「それだけ心配だったんだよ」

確かに私は当時から眼鏡を掛けていた、いまも強度の近視で、しかも緑内障である。でも、まさか、それを心配したために、未知の土地に引越しまでしていたとは。

私「じゃあ、お父さんが転勤したわけじゃなかったんだ」

父「うん、俺はずっとおんなじところに通ってたよ」

私「で、僕だけ転校させられたのか」

ぐんにゃりと世界が歪んだ。この文章の最初に書いた「父の仕事の関係で、いろいろな土地を転々とした」という認識そのものが正しくなかったのだ。問題は単に記憶と事実が相違していたというだけではない。占いで引越しまでしようとした母とそれを認めた父。しかもこの地に家まで買ったのだ。両親のキャラクターに対する像が、私の中でゆらゆらと覆された。自分のことをそこまで心配してくれてありがたい。でも、占いで引越しってアホかとも思う。おかげで転校する羽目になったのだ。色んな感情が混ざってもやもやする。

しかも、移住した瀬谷には結局八ヵ月しか住まなかった。今度は本当に父が転勤になって、一家で名古屋に引越したからだ。現実って感じだなあ。

ショックが抜けきらないまま、小学校から当時住んでいた家に向かって歩く。

父「たぶん、この辺りだな」

私「うーん、ぜんぜん変わってるね。駅前から小学校のあたりには面影があったけど」

家どころか道まで変わっているようだ。あの頃、私の家の前は見わたす限り原っぱだった。そこに向かって一日中バットで石を打ち込んでいた。かきんこきん、かきんこきん、かきんこきん。一人でそんなことをして、何が面白かったのだろう。今となっては自分で自分がわからない。その場所に現在は家がぎっしり建っている。全く別の土地のようだ。

切ないような、ほっとしたような、奇妙な気持ちのまま、昔はなかった駅前の蕎麦屋に入って、それから父と別れて今の家に帰った。

どうしても書きたいこと

インターネットを見ていたら、誰かがこんな発言をしていた。

どうしても書きたいことがあるから作家になるのが本当の姿。何もないのに作家と呼ばれたい気持ちだけがあって、そこから書き始めるというのは順番が逆だろう。

ぎくっとする。「どうしても書きたいこと」、私にあるかなあ。

そんなことを思っている時点で、もう失格なのだ。考えなきゃわからないような「どうしても書きたいこと」なんて、おかしいだろう。

高校生や大学生の頃、私は本屋さんに自分の本があることに憧れていた。背表紙に自分の名前のある本が目の前の棚に並んでいるなんて、凄いじゃないか。想像しただけでどきどきする。でも、それがどんな本であるかは考えていなかった。とにかくそここにあればいいのだ。

冒頭に引用したような「どうしても書きたいことがあるから作家になるのが本当の姿」的な意見には、ときどき出会う。そのたびに後ろめたい気持ちになる。本屋さんに本を置きたいという理由でもいいんじゃないかなあ、とはなかなか口に出せない。

実際に物書きをしていて、不安な気持ちになることは他にもある。

そもそも言葉による表現は、音楽や絵画などとはどこかが違ってるように思えるのだ。

例えば、音楽の場合、そのレベルはともかくとして、楽器を弾けるということは確固たる技術だろう。全くの素人がいきなりバイオリンやピアノやギターを弾くことはできない。これは絵画における基礎的なデッサン力なども同様だと思う。

つまり、音楽や絵画においては、表現を支える土台の部分に、素人には真似のできない技術の蓄積が必要となる。

しかも、それだけでプロフェッショナルになれるわけではない。基本的な技術は表現の前提に過ぎないのだ。厳しい世界だと思う。

その一方で、言葉による表現はどうだろう。現代の日本では、特別な事情のある人を除けば、誰でも一応の読み書きはできる。表現を支える土台としての特別な技術のようなものは存在しない。

俳句や短歌のようなジャンルでは、季語や文語文法の知識がそれに当たるのかもしれないけど、その有無が一般の散文レベルで決定的な一線を画するようなことはないだろう。

現に、自分が書いたのと同じテーマをもっと的確に面白く表現したブログやツイートを目にすることがある。しかも、書き手は中学生の女の子だったりする。負けた、と思う。

自分の中に燃えるような「どうしても書きたいこと」があれば、問題は生じないのかもしれない。それならば、確固たる技術がなくても、他の誰が何を書いても、少なくとも根本的なスタンスは揺るがないだろう。でも、困ったことに、自分にはそれがないのだ。

だが、そんな私にも救いはある。表現以前に「どうしても書きたいこと」が必要という考えが唯一の正解ではない、と思うのだ。

だって、その考えに従えば、言葉というものは、自分の中に予め存在する「どうしても書きたいこと」を外の世界に伝達するツールに過ぎないことになってしまう。

本当にそうなのだろうか。ものを書く現場における私の実感は違っている。

今ここで書き出すまで、自分でも自分が何をするのかわからない。時には言葉自身が勝手に走り出す。そんな「一寸先は闇」性が、表現にはあるんじゃないか。

そこでは、世界と自分が混ざったり、くるくると入れ替わったりする。また、一つの言葉が次の言葉を呼んで、透明なドミノ倒しのように思いがけない流れを作り出すこともある。

その結果、「わけもわからず書いてしまったもの」が、未知の世界の扉を開くことがあるんじゃないか。予め存在する現実とそこに生きる自分という常識的な認識が覆されて、何かが表現された瞬間に、新たな世界と私が生まれるように感じられるのだ。

それぞれの世界の限界

先日、同世代のNさんと食事をしていて、こんな話になった。
N「父の携帯に電話をしても、こっちの声がよくきこえないって云うんです」
ほ「あ、それはひょっとして」
N「ええ、耳が遠くなったんじゃないかと」
ほ「やっぱり」
N「いや、それが違ったんです。実家に帰った時に話したら耳にはぜんぜん問題なし」
ほ「じゃ、携帯の故障かなあ」
N「そう思って確認したら、故障じゃなくて、通話音量のレベルが低くなってただけでした。使ってるうちにボタンに触ってそうなっちゃったみたいで」

ほ「解決ですね」
N「ところが、父はそれを理解してくれないんです」
ほ「どういうこと？」
N「昔の黒電話には音量調節なんてなかったでしょう」
ほ「ああ、はい」
N「だから、その概念がないみたいで、設定し直しても、何かの拍子にまた小さくなっちゃったら、あくまでも『おまえの声が小さいのが悪い』と云い張るんです」
ほ「うーん。いっそのこと電話じゃなくてラジオと考えて貰ったらどうでしょう。それなら昔から音量調節がある」
N「今度は『ラジオから何故おまえの声がきこえてくるんだ』ってなりますよ」

その話をきいて、私も自分の母親のことを思い出した。母がまだ生きていた時、家族で中華料理屋に行った。その日は彼女の誕生日ということで、高いコースを頼んでみた。ところが、その中にあったソフトシェルクラブに、母が手をつけないのだ。
ほ「これ、おいしいよ。殻も食べられるんだよ」

母「だって、おまえ、これ蟹なんだろ」
ほ「うん。でも、殻も柔らかいんだよ」
母「……」
ほ「どうしたの？」
母「蟹の殻は食べられないよ」

この繰り返し。とうとう最後まで母はその料理を口にしなかった。せっかく珍しいものを食べさせようと思ったのに、食べてみればわかるのに、と思って、こっちもなんだか苛立ってしまった。「気味の悪い蟹」を前にして、母はちょっと悲しそうだった。

先日、レストランに行った時のこと。取り分けて食べるパスタを選ぼうという段になって、私は云った。

「なんでもいいんですけど、ショートパスタはちょっと」

いわゆるショートパスタが日本に出現した時、私は驚いた。短くて「具」みたいじゃないか。これじゃ、つるつるって食べられないよ。何度か手を出してみたが美味しいと思えず、一人の時はメニューのパスタ欄にその仲間がいても、最初から「ないもの」として無視している。そこで、ふと思うのだ。私にとってのショートパスタは、母にとってのソフトシェルクラブとおんなじだなあ、と。

現実世界の変化に伴って自分の世界がどこまでも更新され続けるわけではない。どこかでそれは止まってしまう。Nさんのお父さんの「電話」は永遠に音量調節できず、私の母の「蟹」の殻は永遠に硬く、私の「スパゲッティ」は永遠に長い。

携帯電話の音量調節やソフトシェルクラブやショートパスタは、その人の世界では「ないもの」として扱われる。しかし、本当に世界の圏外になっているのは、自分自身の方なのだろう。

神様

友人のYさんがこんなツイートをしていた。

「すごく好きな作家さんは、神様じゃなくて、たとえばすごく好きなカフェのオーナーさんみたいな、才能溢れる普通の人なのだということは、ずいぶんおとなになってからわかった。触ったら触れるんだよ。びっくりだ」

ああ、わかる、と思った。「すごく好きなカフェのオーナーさん」を「神様」だと思わない理由は、最初からお互いに生身で出会うからだろう。それに対して、「すごく好きな作家さん」とは、ほとんどの場合、まず作品を通じて出会うことになる。生身の本人と知り合うことは一生ないかもしれない。だからこそ、その作品に魅了された時、自分自身の中で憧れがどんどん膨らんでゆくのだ。憧れの世界の創造主は、やはり「神様」ということになるだろう。

でも、Yさんは「すごく好きな作家さん」も実は「神様」じゃなくて「才能溢れる普通の人」だと気づいたという。「ずいぶんおとなになってから」と云いつつ、彼女は私よりも二十歳も若い。そのことに驚きを感じる。

何故なら、私は今も「すごく好きな作家さん」を「神様」だと思ってしまうからだ。Yさんのツイートに「ああ、わかる」と思ったのは嘘ではない。でも、それは認識の正しさに同意したのであって、自分で実感できたわけではないのだ。

何人かの作家さんの作品世界に浸ることで、私は長くて暗い思春期をなんとか生き延びた。この人の作る世界があるから生きていられる。そう思った日々があった。大人になった今、それらの「神様」とお目にかかる機会があったりすると、どうしても平静ではいられない。

楳図かずおさんと対談した時、『おろち』読みました。『猫目小僧』読みました。『漂流教室』読みました。『わたしは真悟』読みました（以下ずっと続く）。みんなみんな素晴らしかったです！　素晴らしかったです！」と叫びたかった。でも、我慢した。それはもう「対談」でもなんでもないよ。

萩尾望都さんとお話しした時、いきなり絶句してしまった。「萩尾さん」という呼びかけが口から出ない。だって、何かが違う。そんな呼び方では私の憧れと尊敬は伝えられない。「萩尾先生」でもだめだ。「萩尾様」「萩尾殿」「モー様」……、唇がふるふる震え、脳はぐつぐつ煮えている。その時、不意に「ほむらさん」と声がした。うわっ、うわー、名前、僕、名前呼ばれたー。もう何も考えられない。

「神様」だと思う気持ちを捨てない限り、その人と親しくなることはできない。たぶん、心の奥深くで、親しくなるよりも永遠に只のファンでいたいと思っているのだろう。だって、思春期の自分を裏切れないよ。

でも、「神様」だと思ってしまったら、只の人間である自分はその領域には近づけないことになる。「この人の作る世界があるから生きていられる」と思われるような作者には決してなれないんじゃないか。それは困る。だが、どうしたらいいのか、わからない。

先日、谷川俊太郎さんに偶然お目にかかるという出来事があった。その時、たまたま隣にいた妻が、無言で手を伸ばして、谷川さんに触ろうとした。握手ではない。ハグでもない。いきなり、ふわーっと両手を伸ばしたのだ。

私は驚いて「あ、あ、握手お願いします。握手、握手」と叫んだ。握手なら、人間同士のコミュニケーションに含まれる行為だ。その声で妻も我に返ったようだ。突然

「神様」を目の前にして、頭の中が真っ白になっていたのだろう。危ないところだった。

めんどくさくて

自宅のパソコンでインターネットができるようになった。動画を見たり、原稿を送ったり、なんて快適なんだ。みんなはずっと前からこんな便利な暮らしをしてたんだなあ。

そういう私は今までどうしていたかというと、駅前の漫画喫茶のネットを使っていたのだ。多い日は昼と夜と明け方の三回通ったこともある。傘も差せないような嵐の中をずぶ濡れで辿り着いたこともあった。片道約十分、月々の漫画喫茶代も馬鹿にならない。それでも通い続けた。何年も何年も。怖ろしいほどの常連である。漫画喫茶の店員さんは嬉しそうというよりも不思議そうだった。

店「どうして毎日何度も、嵐の夜中にまで来るのですか。この店にいったい何があるというんですか？」

そんな風に思うのだろう。もちろん口には出さない。自宅にネット環境ができて、つまり漫画喫茶に通わなくなって一月ほど経った頃、偶然、町で漫画喫茶の店員さんに出会った。その瞬間、彼は息を飲んで固まった。「生きてたのか、この人」と思ったのだろう。

知り合いの編集者とは、こんな会話を交わした。

編「そんなに便利だと思うなら、どうして今まで自宅にインターネットを引かなかったんですか？」

ほ「手続きとか、めんどくさくて……」

編「えっ。漫画喫茶に毎日通う方がずっとめんどくさいでしょう？」

全くその通り。でも、私が云ってるのは、めんどくささの総量ではなくて、目先のちょっとしためんどくささのことなのだ。そのハードルが越せないために、結果的に大きな利子を払い続けることになる。

虫歯っぽいなあ、と思いつつ歯医者に行かない。携帯電話の料金プランを変更しなきゃ、と思いつつしない。そんな案件が沢山ある。心のどこかで、しなきゃ、しなきゃ、と思いながら何年も苦しむ。

ところが、何かの拍子にその手続きをしたら、驚くほどあっさり終わってしまって呆然とする。何年もプレッシャーを感じ続けて、痛みに耐えたり、労力やお金を払ってきたのはなんだったたんだ。

そして、自分自身の性格に絶望する。ベッドと壁の隙間に落ちた靴下を何年も拾えないこともあった。「拾えないんじゃなくて、拾わないんでしょう」と云われたら返す言葉がない。

でも、めんどくさいという気持ちに、どうしても負けてしまうのだ。これはもう一種の犯罪なんじゃないか。他人ではなく自分自身に対する犯罪だ。めんどくさいというお化けのせいで、下手したら一生を棒に振ってしまいそうだ。

また、一歩間違えれば本当の犯罪にもなりかねない。そんな未来を想像して不安になる。例えば、ゴミ屋敷の住人になるとか。或る日、そのゴミの山から白骨死体が発見される。そして、警察官がやってくる。

警「これは誰ですか？」

ほ「家族です。数年前に死んでしまったんです」
警「殺したのか？」
ほ「いいえ」
警「じゃあ、どうして届けない。葬式を出さない。こんなところにそのまま置いてあるのは何故だ？」
ほ「めんどくさくて……」
警「ふざけるな！　そんなことがあるか！」
それが、あるんですよ。

不審者に似た人

　五十年以上生きているのに、日々の暮らし方が上達しない。インターネットの接続とか歯医者の予約とか携帯電話のプラン変更とか、ちょっとしたことをするのに、ものすごく時間がかかる。インターネットの接続はやらなきゃ、やらなきゃ、と思い続けて、結局十年かかってしまった。専門の業者さんに頼むだけなのに。

　何かの拍子に行動に移したら、案外あっさり片付いて、あの十年はいったいなんだったんだ、と愕然とする。いったん手を着けさえしたら、こんなに簡単なことじゃないか。なのに、そうなるまでは、金縛りにでもあったように動けないのだ。

　私が十年かかったことを、普通の人はほんの数日でやってしまう。そう思うと、激しい焦りを感じる。その分の時間をなんとか取り返したいと思う。

　そのために、奇妙な振る舞いをすることがある。例えば、トイレの時間を少しでも有効活用するために、本を持って入ろうとする。ところが、何を持ってゆくかすぐに決められず、漏らしそうになりながら、本棚の前でうろうろと探し回る。たん、たん、とおかしな足踏みをしながら、いつまでも指先が迷い続ける。時間の無駄だ。さっさとトイレに入って出てきた方がずっとよかった。

こんなこともある。外出先から家に帰ってきた時のこと。一刻も早く部屋着に着替えようとして、ドアのチャイムを押した後で、すぐに洋服の釦《ボタン》を外し始めるのだ。「おかえりー」と云いながらドアを開けた妻が驚く。私のシャツの前が全開になっているからだ。日によっては、まだ家の前に到着しないうちから、着替えの準備を始めることもある。

そのうちに、釦を外すタイミングがだんだん早くなってきた。最近では、家の近くの信号待ちでもう釦に指がかかる。最後の数十メートルは、上着とシャツの前が開いてひらひらしている。

歩きながら不安になる。これは、もしかして、変態と間違われたりしないだろうか。信号から家のドアに辿り着くまでの間に、たまたまパトロール中の警官にでも出会ったら、まずいことになりそうだ。

警A「ちょっといいですか」
ほ「はい」
警B「どうして前が全開なんですか」
ほ「あの、家に着いたら、一刻も早く部屋着に着替えられるように、と思って」
警Aと警B（顔を見合わせる）
警A「ご自宅はどちらですか」
ほ「あそこです（指差す）」
警B「まだけっこうありますね」
警A「それに寒いでしょう」
ほ「平気です」
警B「家に入ってからゆっくり着替えた方がいいのでは？」
ほ「でも、私は自宅にインターネットを引くのに十年もかかってしまったので、その分の時間を少しでも取り返したいんです」
警Aと警B（顔を見合わせる）
警A「それで歩きながらシャツを脱いでるんですか」
ほ「ええ」

警B「ちょっと署までご同行願えませんか」

ああ、嫌だなあ。そんなことになったら。完全な誤解だ。でも、それ以上どうやって説明したらいいんだろう。だって、私の云ったことは、全部本当なんだ。本当に本当のことなんだよ。

お金持ちを想像する

漫画を読んでいたら、こんなシーンがあった。主人公が高い場所から町を見下ろしながら云うのだ。

「こんなにたくさんのビルがあって、この一つ一つに全て持ち主がいるなんて」

なるほど、と思った。そう云えばそうだ。世の中にはお金持ちがそれだけたくさんいるってことだ。

一方、私はビルどころか自分の家も持っていない。ずっと賃貸。にも拘わらず、漫画の主人公に云われるまで、ビルを持ってる人と家も持たない自分を対比的に捉えることすらなかったのだ。なんてぼんやりしてるんだろう。

でも、私の友人のことを考えても、家はともかくとしてビルを持ってる人なんて一人も思いつかない。あんなにうじゃうじゃビルが立ってるのに、友だちはみんな無関係。

ははーん、と思う。つまり、こうなんじゃないか。ビルを持ってる人の友だちにはビルを持ってる人がたくさんいる。そして、ビルを持ってない人の友だちはみんなビルを持ってない。二つのチームの間には見えないバリアがあって、生息域がくっきりと分かれているのだ。

そして、私がいるのは貧乏チームってことか。そうか。そうだったのか。今頃そんなことに気づいているようじゃ、金持ちチームに移籍する見込みはなさそうだ。

噂によると、お金持ちの人は一生食べていけるだけの財産を持っていても、事業拡大のために資金を投入するなどして、さらにお金を増やす活動をするらしい。とても不思議だ。

もしも、私がそれだけのお金を持っていたら、と想像する。頑張ってそれを倍にしようなんて絶対に思わない。好きな時間に映画を見たり、目的のない旅をしたり、おいしいものを食べたり、心からやりたい仕事だけをして、後はふわふわ遊んで暮らすだろう。

そう云ったら、妻が意見を述べた。

「そんな風に思うような人は、そもそも絶対にお金持ちにはならないって法則があるんじゃない？」

うーん、そうなのか。かもしれないなあ。いずれにしても、貧乏チーム側にいる我々の想像に過ぎないのだ。答は金持ちラインの向こう側にある。

先日、或る雑誌の原稿に「もしもお金持ちになったら、床暖房とウオーターベッドを買いたい」と書いた。

すると、編集者からこんな返信が届いた。

「思わず微笑んでしまいました。ほむらさんにとってお金持ちの象徴は『床暖房とウオーターベッド』なんですね」

改めて念を押されると、なんだか恥ずかしい。本当は高性能のマッサージチェアも欲しいんだけど、そう云ったらもっと笑われそうだ。

待てよ、と思う。映画などでは、ギャングの親分が体を揉ませながら部下の報告を聞いている。本当のお金持ちなら、マッサージチェアなんかじゃなくて、専属のマッサージ師を雇えるんじゃないか。よし。お金持ちになったら、何人も雇って一日に十時間くらい揉んで貰おう。全身がすっかり軽くなるだろう。

そんな或る日のこと。お金持ちの私は「そういえば貧乏な頃は、いつも肩がばりばりで苦しかったなあ」と思い出す。そして、数日間わざとマッサージをやめて「ああ、これこれ、この感じ」と、懐かしい肩凝りを味わってみるのだ。なんて贅沢な愉しみなんだろう。

お金の使い道

友だちの部屋に行った時のこと。部屋の壁に立派そうなジャケットが掛かっていた。

ほ「あれ、かっこいいね」
友「イタリアのなんとかのなんとか（よくわからなかった）だよ」
ほ「高いの？」
友「八十万くらい」
ほ「えっ」

驚いた。だって友だちの部屋は八畳のワンルームなのだ。ちょっと、アンバランスじゃないか。

友「でも、君だってこないだ何万円とかの絵本を買ってたじゃない。ぼろぼろでぺらぺらのやつ」
ほ「い、いや、あれは関東大震災直後に緊急出版された村山知義と武井武雄によるコラボレーションで……」
友「何のことかわからないよ」
ほ「……だよねえ」
友だち同士でも、その辺になると話が通じない。お金に対する感覚は、人によってずいぶん違うんだなあ、と思った。
小学生の頃は、お小遣いの使い道なんてみんな似たようなものだった。年をとるにつれて個人差が大きくなるのは、収入や環境の違いが生じるせいもあるけど、それ以上に価値観のズレが大きくなるためだろう。
友だちの立派なジャケットを八千円で買うかと云われても断るし、向こうもぼろぼろの絵本なんて只でも欲しくないだろう。或る意味で、一人一人が別世界に住んでいるのだ。

特に男性の場合、コレクター的な欲望が特定のジャンルに集中する傾向が強いように思う。私は酒も煙草もギャンブルもキャバクラもしないから絵本を買っていい、と自分に言い訳をしている。

花輪和一さんの漫画を読んでいたら、生活必需品を買わなくてはいけないのに、モデルガンばかり買ってしまって困る、というエピソードが描かれていた。理由は、それがいちばん楽しいから、ということだったけど、その気持ちはよくわかる。

花輪さんは、その趣味が高じて銃砲刀剣類不法所持で逮捕されてしまったけど、その時の体験を基に『刑務所の中』という傑作を描いた。なんというか、業を感じる。私としては絵本の不法所持で捕まる世の中にならないことを祈る。

絵本以外に思い切ってお金を使った経験として思い出すのは、サッカーのワールドカップの時のことだ。といっても、ブラジルまで行って応援したとか、そういう話ではない。

或る試合をリアルタイムで見る時間がなくて録画した。結果を知ったら面白くないから、それを見るまでは、テレビにもネットにも触れられない。ところが、翌日は所用があって、どうしても外出しなくてはならなかった。なんとか夜までサッカーの情報を遮断したい。でも、町に出たら、新聞の見出しや電車内の会話などで結果が分かってしまう可能性が高い。困った私は、やむなく行き帰りともにタクシーを使うことにした。大人だからな、たまにはいいだろう。車に乗るなり運転手さんに「サッカーの話はしないでください」とお願いした。

その甲斐あって、なんとか一日を無事に過ごして、結果を知らずに家の前まで辿りつくことができた。ところが、タクシーを降りた瞬間、通りすがりの近所の子供が云ったのだ。「ママ、スペイン負けちゃったね」。ぎゃー。タクシー代返せ！

自分と他人

学生の頃、写真を撮られる時に少しでも目を大きく見せようとして、ぱちっと見開いたことがある。出来上がってきた写真を見た瞬間、激しく後悔した。そこには明らかに「少しでも目を大きく見せようとして、ぱちっと見開いた」人が写っていたからだ。

恥ずかしい。まさか、自分の内心がこんなにわかりやすく外に現れるとは思わなかった。それから、写真を撮られる時に目を見開くのはやめた。

逆に目を細めたらどうか、と思ったこともある。そうしたら、本当は目が大きいのだが、たまたま細めてしまった人だと思われるかもしれない。でも、その考えを実行する勇気はなかった。

今度は「本当は目が大きいのだが、たまたま細めてしまった人だと思われ」たがっている人だとバレるんじゃないか、と不安になったのだ。それは普通に目を見開くのよりも何倍も恥ずかしい。

自分の中のちっぽけな欲望が外から丸わかりになるのは恐ろしいことだ。

その一方で、自分で自分の気持ちや感覚がわからないこともある。

或る年の秋、京都に旅行したことがあった。紅葉を楽しんで、お寺を観て、おいしいものを食べて、有名な旅館に泊まった。ところが、どういうわけか、その旅の記憶がほとんど残っていないのだ。観たもの、食べたもの、買ったもの……、思い出すことができない。

ただ一つ自分の中に、はっきりと残っているのは電気毛布である。泊まった宿の寝具がそれだったのだ。私はそれまで電気毛布というものを使ったことがなかった。初めての体験で、その暖かさに感動したのである。

紅葉やお寺や懐石料理よりも電気毛布が一番の思い出というのは、我ながら変だと思う。わざわざ京都まで行った甲斐がないではないか。

でも、そういうことって自分でもコントロールできない。私が電気毛布に感動するように、神様がし向けたのだろうか。紅葉やお寺や懐石料理は今回スルーで、と。

自分でも自分の感じ方の理由がわからないというケースは、他にもある。

隣の町に、素晴らしい喫茶店があった。散歩の途中でそこを発見した時は興奮した。店名、立地、外観、内装、雰囲気、メニュー……、なんだここは。私の好みを全て充たしているじゃないか。ついに理想の喫茶店を見つけたぞ。

ところが、である。実際にそこでお茶を飲んでいると、なんだか落ち着かない。おかしい、と思う。だって、どの要素をとっても完璧なのだ。私はここが好きなはずだ。自分で自分にそう云い聞かせようとする。でも、やはり駄目だ。何度行っても、微妙にくつろげない。心のどこかがもぞもぞする。そんな自分が理解できなかった。

ところが、或る日、ツイッターを眺めていたら、たまたまこんな一文に出逢った。

お洒落なお店とか、好きだけど、すべてが店主のコントロール下に置かれている感じが居心地悪いなと思うことがある。ほどよい適当さが欲しい。

はっとした。あの店がどうも落ち着かないのも、これかもしれない。そうだったのか、と思う。自分でもわからなかった自分の感覚を、他人に教えられた気持ちだった。

人生の予習

近所の商店街を歩いていた時のこと。ランドセルの小学生たちが、私をダッシュで追い越していった。

と思ったら、笑いながら戻ってきた。そして、再びダッシュ。きゃあきゃあ云いながら、行ったり来たりを繰り返している。

凄いなあ、と思う。エネルギーの無駄遣い。よっぽど余ってるんだな。あんなに細い脚なのに、どうして疲れないんだろう。体内で疲労物質をぐんぐん分解してるのかな。

そんなことを考えながら、私はぽつぽつと歩いてゆく。子供たちの動きは通常モードが「走り」だ。遠い昔は私もそうだった。でも、今の私は滅多に走らない。走るのは命が懸かっている時だけ。

というのは大袈裟《おおげさ》だけど。この前、本気で走ったのは確か一昨年、飛行機に乗り遅れそうになった時だ。

それ以来、全力ダッシュは一度もしていない。電車やバスに乗り遅れるくらいじゃ、もう走らない。もっと齢を取ったら、飛行機でも国内線では走らなくなるかもしれない。

加齢と共に、子供や若者たちの世界が、どんどん遠くなってゆく。その頃の気持ちや体感が思い出せない。逆に、若い子から見ると、こっちの感覚が不思議に思えるようだ。

こんな短歌がある。


土曜日も遊ぶ日曜日も遊ぶおとなは遊ぶと疲れるらしいね　平岡あみ

作者は当時高校生の女の子である。アルバイトや勉強に疲れることはあっても、遊びではありえないのだ。無尽蔵のパワーが湧いてくるんだろう。そんな〈私〉には「おとな」の気持ちが理解できない。「遊ぶと疲れる」なんて不思議だなあ、と思っているのだ。そうだろうなあ。でも、たぶん、そのうちわかりますよ。

若さの世界から遠ざかるのと反比例するように、老いの感覚が少しずつ親しいものに思えてくる。とは云っても、八十代以上とかになると、まだどんな世界なのか、想像がつかない。

だから、そういう大先輩と同席する機会があると、いろいろ話をきいてみたくなる。人生の予習だ。

先日、或る短歌大会の二次会で、高齢の男性と隣の席になった。彼はこんな風に自己紹介をしてくれた。

「八十三歳から短歌を始めて今年で十年になります」

ということは、九十三歳なのか。とてもそうは見えない。八十三歳から新しいことを始めるなんて、かっこいいなあ。

「十年前に妻が亡くなりまして。二人で家の仕事を分担して暮らしていたのが一人になって、忙しくなるかと思ったら、反対に暇になりました。そこで短歌を始めたんです」

反対に暇になりました、というところに切なさと実感がある。

「とてもお元気ですね。何か秘訣があるんですか」

「短歌の集まりに四つ出ていますから、頭のトレーニングになります。体の方は、犬がおりますから、毎朝散歩に連れていきます」

「何キロくらい歩かれるんですか」

「四キロくらいですね。でも、雨や雪の日は大変ですから……」

「お休みですか」

「二キロにします。その代わりに屈伸運動をね」

凄いなあ。影響されて、私もその夜スクワットをしてみた。息の切れ方に自分で驚いた。

現実

学生時代に友人たちとドライブに行こうとした時のこと。運転席に座ったKに続いて、私が助手席に乗り込もうとすると、彼がこう云った。

「あ、ほむらはつまんないから後ろに乗って」

「え？」

「助手席はダイスケがいいな。ダイスケ、隣に来てよ」

衝撃だった。「つまんないから」って友達に向かって云う言葉だろうか。だが、Kはごく自然に口にした。たぶん、心からそう思っていたのだろう。

私は、私は、どうすることもできなかった。無言で後部座席に移り、代わりにダイスケが助手席に座った。

昨年、芸人の鳥居みゆきさんと対談した時に、何かの流れで私はこのエピソードを語った。すると、鳥居さんは大きな目を見開いて云った。

「Kくんという人は芸人？」

「え、いや、普通の大学生ですよ」

「素人か。素人につまんないって云われるってことは、本当につまんなかったんですね」

違う。何かが違う。話がいきなり芸人基準になってるよ。しかし、うまく言葉にすることができない。

後から考えると、私は鳥居さんに、それはひどいですね、とか、ほむらさんは面白いですよ、とか、云って欲しかったんだと思う。そんな風にはっきりと意識してはいなかったけど。

現実は厳しい、と思う。もちろん、そのことは知ってはいるつもりだ。でも、現実は何故かいつも思いがけないタイミングでその厳しさを突きつけてくるのだ。

昔、短歌の集まりで或る公開講座に参加したことがある。テーマは「オノマトペ

（擬声語）」だ。司会者を含めて四人の登壇者がさまざまな短歌の実例を挙げながら語り合った。いろいろと面白い意見が飛び出して盛り上がり、一時間半の予定時間は、あっという間に過ぎ去った。

最後に、会場からの質問を受けることになった。

「何かご質問のある方はいらっしゃいますか」

高齢の男性が手を挙げた。

「はい、どうぞ。お願いします」

「オノマトペって何ですか」

あっ、と思った。他のメンバーも絶句している。その日のテーマは「オノマトペ」。我々はこの言葉に慣れ切っていた。そもそも意味がわからないなんて考えもしなかったのだ。当然皆も知っているという前提でどんどん話してしまった。一時間半もノンストップで。

だが、その間ずっとこの男性は思っていたのだ。「オノマトぺって何だろう」と。そういう人は他にもいたに違いない。

その後、どうなったんだったか。ショックのせいか思い出せない。でも、たぶん、メンバー全員が反省したと思う。その日の打ち上げは盛り上がらなかっただろう。

でも、もしも、あの時、あの男性が質問してくれなかったらどうだったか。真実を知らないまま、我々は打ち上げの席で、お互いを褒め合ったりしていたんじゃないか。想像すると、さらに恥ずかしい。

「あ、ほむらはつまんないから後ろに乗って」

「素人につまんないって云われるってことは、本当につまんなかったんですね」

「オノマトぺって何ですか」

いずれも何の悪気も無い心からの言葉たちだ。

現実の表面がべろっと剝けて、その素顔が現れる瞬間は怖ろしい。でも、隠されたままというのも、別の意味で怖ろしいのだ。

心の弱さ

会社員をしていた時、社長に呼ばれて叱られたことがある。社長の机の前に立ったまま、俯いて話を聞いていたのだが、いつまでも叱責が続いて、一向に終わる気配がない。

その時、突然、自分の心にこんな声が湧き上がった。

ぐちぐちぐちぐちうるさいな。そんなに偉そうなこと云って、あんたどこの大学出てるんだよ。

びっくりした。普段はそんなことは意識したこともなかったのだ。でも、その時は追いつめられていた。本当はその場から逃げたかったのだ。だが、社長が話している最中に、勝手に部屋から出ていくことは勿論できない。その結果、逃げ場を失った心が、なんとかバランスを保とうとして、とんでもない云い掛かりを思いついたのだろう。

似たような経験が他にもある。あれは四十歳くらいの時のこと。私は一人でクリスマスの渋谷を歩いていた。周囲には楽しそうな若いカップルたちが、きらきらとはしゃぎながら行き交っていた。

その時、突然、こんな言葉が心に浮かんだのだ。

なんだなんだおまえら、いちゃいちゃしてるけど、貯金はいくら持ってるんだ。滅茶苦茶である。だって、彼らは十代とか二十代の若者なのだ。貯金なんてあるはずがない。そんなものなくたって幸せなのだ。

その時も、私は追いつめられていたと思う。恋人も友達もなく、クリスマスの華やかな渋谷を一人で歩いている自分が惨めに思えた。そのプレッシャーに耐えかねた心が周囲に八つ当たりをしたのだろう。

自分だってそれほどの高学歴でもなければ、たくさんの貯金を持っているわけでもないのだ。ただ、社長や若いカップルたちという目の前の敵（？）に押し潰されまいとして、苦し紛れにそんなことを考えただけなのである。すべては心の弱さが生み出した妄言なのだ。

だが、そうと分かっていても、心の暴走は自分でもコントロールできない。その後、もっと奇妙な形で同じ体験をすることになった。

あれは数年前のこと。公園のベンチに座って、楽しそうに遊んでいる子供たちを見ている時、ふとこんな考えが浮かんだのである。

これから本を何冊書いたら、子供を一人作って育てたのと同じことになるんだろう。

おかしな考えだ。答えはもちろん「本を何冊書いても、子供を作って育てたことにはならない」である。当たり前だ。

その時も、私は無意識にプレッシャーを感じていたのだろう。目の前で遊んでいる子供たちは、社長や若いカップルたちとは違った意味で脅威だった。その正体は、このまま子供を持たずに死んでもいいのだろうか、という自分自身の不安である。

それが脱出口を求めて暴走した。ただ、今回は敵を直接攻撃することはできない。だから、子供を本に換算するという異様なアイデアを勝手に生み出したのだ。

心の弱さとは、どこまでいっても克服できないものなのか。普段はその気配もなくても、いったん追いつめられたら、どんな奇怪な論理を組み立てるか、自分でも予測がつかなくて怖ろしい。

日本の幅

外国の街の交叉点で信号を待っている時、自分の右隣に立派な毛皮のコートを羽織った老婦人がいて、左隣にTシャツと短パンの若者がいる、というようなことがある。

日本では、そこまで服装がズレていることはまずない。外国の人は体感温度の幅が大きいのかなあ、毛皮さんとTシャツ短パンくんはお互いの姿を見てどう思ってるんだろう、などと考えながら、ちょっと愉快な気分になる。

ここでは毛皮からTシャツの間にあるすべての服装がOKなのだ。つまり、私がどんな服を着ていようが、誰にもなんとも思われない。そういうのって、とても気が楽だ。

服装以外にも、長距離バスの運転手がいきなり歌い出したり、デパートのアクセサリー売り場の女店員が手にヤキトリの串を持ってたり。外国って面白いなあ、と思う。なんて出鱈目《でたらめ》なんだろう。日本では絶対ありえないよ。

何故ありえないかというと、要するに許されないからだ。バスを運転しながら大声で歌い出したり、デパートで指輪を売りながらヤキトリを食べたりしたら、間違いなく苦情が寄せられるだろう。

日本では、社会に生きる人々の行動パターンが精密にコントロールされているのだ。個人の行動の幅を狭めることで、社会としての効率や精度を上げている。とにかく人様にご迷惑をかけるな、の精神である。世間をお騒がせして申し訳ない、っていうお詫びの言葉も耳にする。

その結果、よく云われることだけど、外国から帰ってくると、公共機関やお店などにおける対応の良さにびっくりする。お客さんとしてサービスを受ける時には、とても快適。

でも、それは逆に云えば、こちらがサービスする側に回ると、滅茶苦茶大変ってことになる。

東京で電車に乗っている時、「お忙しいところ、ご迷惑をおかけして、まことに申し訳ありません」的なアナウンスが流れることがある。その理由が「予定より2分遅れてしまって」だったりすると、なんだか怖くなる。2分くらい誤差の範囲なんじゃないの。

だって、こんな何百人もの人が乗り降りする鉄の塊を、完璧に時間通りに動かすなんて、そもそも無理でしょう。

そこまでがんばらなくてもいいですよ、と云いたくなる。その代わり、私ががんばらなくても怒らないでくださいね。

日本で不思議なことをしている外国の人を見かけると、その表情をじっと見てしまう。

例えば、「鼠の顔」に書いたけど、真冬の駅の地下道で、なんだかよくわからない針金細工を並べて売っていた金髪の男性。天井や壁からぽたぽた雫が垂れているような暗い場所で、一人で、Tシャツ一枚で、でも、にこにこしていた。

寒くないのかなあ。辛くないのかなあ。日本の基準では、貴方の状況はぜんぜん幸せじゃないはずなんだけど、ずいぶん楽しそうですね。

どうしたら、そういう顔ができるんだろう。私はけっこう快適なはずの状況でも、暗い顔になっちゃうんです。

一人で変なところで変なことをしてにこにこする秘訣を学びたい。と思うけど、そこで、学びたいって言葉が出てくるところが日本人なんだろうなあ。

いつもの世界

先日、父に誘われて筑波山に登った。数年ぶりの登山である。普段はまったく運動していないから、とても苦しかった。登りもさることながら、下りが膝にきた。疲れてくると、一歩一歩の衝撃を吸収しきれずに何度も転んでしまった。

八十五歳の父の方がずっと元気だ。彼は登山が趣味なのだ。「この山は二十何回目かな」と云いながら、安定した足取りでひょいひょいと先に進んでゆく。その背中がどんどん遠ざかる。焦って追いつこうとしてまた転ぶ。よれよれで下山した後、私はバスの中で、ことんと眠りに落ちてしまった。

なんとか地元の駅に辿り着いて、家までの道を歩き出した時のこと。私は不意に奇妙な感動に襲われた。

「わあ、道がひらべったい。なんて歩きやすいんだろう」

毎日歩いている道なのに、そんな風に思ったのは初めてだ。悪戦苦闘したさっきまでの山道に較べて、舗装されたフラットな道路の快適さを痛感したのである。

「これならどこまでだって歩けるよ」

いつもの商店街を歩きながら、本気でそう思った。にも拘わらず、数日後には、もう同じ道でタクシーに乗ってしまっていた。ほんの少しの時間が経っただけで、ひらべったい道への感動は、すっかり薄れてしまったのだ。

そういえば、と思い出す。似たようなことが以前もあった。あれは風邪をひいた時のことである。

数日間、悪寒と高熱に苦しんだ風邪が治って、とうとう熱が下がった朝、こんな風に思ったのだ。

「熱がないってなんて気持ちいいんだろう。それだけでもう何も要らない」

穏やかな朝の光の中で、私は世界が違って見えるほどの快感に包まれていた。

でも、その感覚は長続きしない。二日もすれば、熱がないことを当然と思うようになって、様々な悩みや欲望が戻ってくる。

「どこまでだって歩ける」

「もう何も要らない」

山を下りた後に、熱が下がった朝に、私はこれらの気持ちを確かに抱いた筈だ。あの時のなんとも云えない自由さを思い出す。それを維持できさえすれば、毎日が遥かに生き生きとしたものになるんじゃないか。人生が一変するだろう。だが、それがわかっていながら、どうしてもその自由の感覚を自分の元に留めておくことができないのだ。

登山や風邪とは、一種の非日常体験である。それによって私の日常が脅かされる。だからこそ、「いつもの感覚」が束の間破られるのだろう。

いつも歩いていた道が、いつも味わっていた体感が、まったく違った輝きを帯びて見える。その時、私は本来の可能性に溢れた世界の中に立っているのだ。

だが、日常のリズムが戻るにつれて、「いつもの感覚」も戻ってくる。すっぽりと私を包み込む。平板な風景、だるい体感、長年住みなれた「いつもの世界」である。

でも、私は知っている。このどんよりした「いつもの世界」の向こう側には、煌《きら》めきに充ちた可能性の世界がどこまでも広がっているのだ。

我が家の法律

或る夜のこと。車を運転していたら、バックミラーに三輪車で遊ぶ子供の姿が映った。あっと思ったけど、一瞬で視界から消えた。

「幽霊かなあ。交通事故に遭った子供とかの」

助手席の友達にそう云ったら、びっくりされてしまった。

「どうして幽霊？」

「だって、こんな時間に三輪車の子供なんて変じゃない」

「いや、うちの辺りではけっこう見かけたよ」

え、と思った。そうなのか。私の家では、子供は夜八時には寝なくてはいけなかった。例外は土曜日で、その日だけは「8時だヨ！　全員集合」を見てもいいのだけど。だから、子供イコール早寝という感覚が染みついているのだ。

そう説明すると、友達は云った。

「家によってルールがずいぶん違ったよね。僕の家は夜更かしはOKだった。その代わり、御飯を食べる時は全員正座なの」

「全員正座！」

「うん。でも、遊びに来た友達に驚かれるまで、それが普通だと思ってた」

「そう思うよね。自分ちしか知らないから」

「うん。友達が一緒の時は、『●●ちゃんは膝を崩してもいい』ってお祖父ちゃんが云うんだけど、その子も食べた気がしなかっただろうね」

アメリカでは州によって法律が違うらしい。でも、家庭によるルールの違いもあったのだ。そんな話の流れから、我が家の法律をいろいろ思い出した。

例えば、コーラは骨が溶ける（と母親が信じていた）から飲んでは駄目だった。また、珈琲はカップ一杯のミルクの上からちょっと注ぐだけ。普通の珈琲とミルクの関係が逆転した謎の飲み物だ。

テレビは一日一時間までだった。これについては友達の家にも似たようなルールがあったらしい。

「いいなあ、一時間。うちは一日三十分までだったよ」

「もう何十年も前の話じゃない」

「でも、羨ましい。持ち時間が三十分しかないから、少しでも節約するために、オープニングの歌とエンディングの歌と途中のコマーシャルの間、ずっと目を閉じてたよ。それでちょっとでも時間を貯めるの」

「げ、厳密だね」

一方、ゆるすぎて友達から驚かれたルールもある。高校生の時、私の家は、友達と一緒に徹夜で麻雀をしてもよかった。小さな家で、襖《ふすま》一枚向こうには両親が寝ているのに、である。

麻雀は一局ごとにガラガラと牌《パイ》をかき混ぜるから、うるさくて眠れたものではなかったと思う。でも、OKだった。その理由は、友達は大切だから、というんだけど、今から考えるとちょっとズレてるような気もする。

トイレで手を洗った後、両手に掬った水を蛇口にかける友達のことを憶えている。蛇口を捻った時点では手が汚かったわけだから、その部分を自分の責任で綺麗にする、ってことなんだろう。私の家にはないルールで、実際の効力には疑問があるけど、だからこそ、その儀式めいた所作が新鮮に見えた。

野良猫を尊敬した日

風邪をひいてしまった。うがいや手洗いはちゃんとしていたし、ビタミンのサプリメントも摂っていた。自分なりに気をつけていたつもりだったからショックだ。

昔から熱に弱い体質で、たちまち眠りに落ちて魘《うな》される。

「うーん、うーん、あついよー、あついよー、あついよー」と、ずっと口走っていたらしい（自分では憶えていない）。

「ちゃんとうがいしてたのにー、ちゃんとビタミン飲んでたのにー」と、文句も云っていたらしい（憶えていない）。

早く治りたくて、思いつく限りの対策を取る。ネックウォーマーを装着して、市販の薬と栄養剤を飲んで、のど飴を嘗めた。

けれど、効果がない。熱でふらふらする。この感じではかなり高そう。でも、測らなかった。実際に体温計の数値として見てしまったら、心が折れてしまうからだ。

しかも、まだ関節が痛い。ということは、ここからさらに熱が上がってゆくんだろう。泣きそう。というか、泣いている。

翌日は、どうしても行ってしなくてはならない用事があった。人前で話をする仕事である。ちゃんと入場料も貰っている。今更キャンセルというわけにはいかない。この状態から起き上がって行くしかないのか。大人は辛いなあ。でも、と考える。野良猫はもっと大変だよな。だって、私には家も布団も暖房も加湿器もルルアタックも葛根湯もポカリスエットもある。それなのに、こんなに苦しいのだ。

一方、野良猫には何もない。今みたいな真冬に風邪をひいたら、一体どうするんだろう。

熱でふらふらの私の頭の中で、野良猫への尊敬の思いがむくむくと膨れあがっていった。

こんな短歌を思い出す。

イヌネコと蔑《なみ》して言ふがイヌネコは一切無所有の生《せい》を完《まつた》うす　奥村晃作

人間は犬や猫のことを上から目線で「イヌネコ」などと云うが、その「イヌネコ」は、お金も洋服もスマートフォンも何一つ所有することなく一生を過ごす。実はもの凄い存在なのだ。という意味だろう。

本当にそうだなあ、と思った。彼らはその日の食べ物すらキープしていない。一瞬一瞬をただ全身で生きている。命の塊なのだ。

よーし、やってやる。僕にだって、できないことがあるか。そう心を固める。我に野良猫パワーを与えよ。

でも、眠りに落ちると、また元通り。「うーん、うーん、あついよー、あついよー、あついよー」と、赤ちゃんのようになってしまうのだ。どうして、こんなに弱いんだろう。

気迫か。やはり気迫が違うのか。庭に来る野良猫は、いつも私のことを睨みつけてくる。目を三角にして唸るのだ。体重比でいうと、こちらは猫の十五倍くらいだろう。ということは、私が世界最大のヒグマをさらに二倍にした怪物を睨むようなものじゃないか。凄いなあ。

で、その後、どうなったかというと、私も仕事に行ったのだ。翌朝、起きたら汗びっしょりで少し熱が引いていた。助かった、と思わず声が出た。

でも、なんとか服を着て出かけて、人々の前で話をして家に戻ってきたら、すぐにまた熱が出た。その間のほんの数時間だけ復活できたのが不思議だ。もしかしたら、私にも、潜在意識の中には野良猫がいるのかもしれない。そして、本当の本当に追いつめられた時だけ、うっすら目を覚ますんじゃないかなあ。

行動パターン

生まれたての仔猫にも、一匹ずつ行動パターンに違いがあるらしい。好奇心が強かったり、臆病だったり、やんちゃだったり、おっとりしていたり……。ということは、性格って生まれつきのものなんだろうか。

それだけではないような気がする。家の近くに何匹かの地域猫がいて、餌を貰いにくるのだが、食べ物の好みはばらばらでも、人間に対しては皆おなじくらいの警戒を示すからだ。よほどのことがないと、撫でさせてはくれない。

でも、もしも、あの猫たちが飼い猫だったら、行動パターンは違っていたはずだ。撫でても逃げはしないだろう。つまり、地域猫たちの対人的な振る舞いは、生来のものというよりも、生まれてから今までの経験が作り出した反応ってことなんだと思う。

「大丈夫だよ」といくら云っても、警戒心を解かないのは、過去になんらかの危険な目に遭っているのだろう。猫を嫌う人間に追い払われるとか、苛められるとか。だけど、餌は欲しい。だから毎日、窓の外で待っている。にも拘わらず、開けると耳を伏せて警戒する。一見矛盾のようで矛盾ではない。それこそが、彼らの置かれた環境に対して、もっとも生存可能性の高い行動パターンなのだろう。

でも、と思う。一つの環境に対する最適な行動パターンとは、つまり、他の環境には適さないってことだ。逆に云えば、その行動パターンに忠実であることは、自らの生きる世界を固定する要因になるんじゃないか。適応すればするほど、その環境から出ることができなくなるのでは。例えば、それが幸せかどうかは別として、リスクを冒して警戒を解かない限り、地域猫が飼い猫になる可能性は失われる、とか。

電車やレストランなどで、ちょっとしたことで大声を出す人を見かけると驚く。短気な人だなあ、と思う。でも、性格というよりも、実は、その人が生きている世界では、それが最適な振る舞いなのかもしれない。

私は大声を出さないけど、性格が穏やかというよりも、自分が生きている世界ではそれが不利になる、という感覚が身に付いているだけなのかも。そんな私が毎日怒鳴り続けないと生きていけない世界に置かれたら、たちまち死んでしまうだろう。大声で怒鳴っている人に向かって、「まあまあ、落ち着いて」と云ったとする。その時、「落ち着けだと？　あんた、俺に死ねっていうのか？」という言葉が返ってきても、必ずしも奇妙な反応とは云えないのかもしれない。

地域や時代や階層の違いが、生きる世界の違いを生み出す。結婚観や仕事観について、親子でどれだけ話し合っても絶対に分かり合えない、と感じることがある。生まれた時代、すなわち生きている世界が違う以上、最適な行動パターンについての合意はあり得ない、ってことなんじゃないか。ただ、こうやって今日まで生き抜いてきた、という確信が役に立つのは、明日が今日までの続きの世界である場合だけだろう。

自分の行動パターンが変わらないと世界は変わらない。しかし、それにはリスクが伴う。しかも、飼い猫になったから幸せとも限らない。私もこの子たちとおんなじだなあ。と、こちらを睨みながら餌を待っている猫を見て思った。

会社の思い出

大学時代のこと。就職活動の時期に差し掛かると、早く社会に出て働きたい、という人と、ずっと学生をしていたい、という人に意見が分かれた。

私は後者だった。社会人になんかなりたくない。大学と本屋と喫茶店をふらふら回りながら、いつまでもモラトリアムの時間を過ごしていたかった。といっても、勉強が好きなわけではない。ただ、働くのが怖かったのだ。

早起きして、ネクタイを締めて、満員電車に乗るのももちろん嫌だ。でも、より本質的には、自分はきっと仕事ができないだろう、ということを予感していたのだと思う。能力以前に、そもそもやりたい仕事がない。どんな業種にも興味が持てない。毎日散歩をして、それでお金がもらえたらいいのになあ、などと考えていた。

だが、永遠に学生でいることはできない。嫌々ながら、私も会社に入ることになった。心は真っ暗だった。新人研修中に、親会社の巨大な建物の中で迷子になって、同期のみんなに捜索された。恥ずかしかった。それが社会人のスタートだった。

研修終了後に配属された総務部には、Hさんという女性の先輩がいた。彼女はとても優秀だった。

或る日のこと。Hさんがお客さんに出すお弁当の蓋を開けているのを見て、私は訊いた。

「おいしそうですか?」

彼女は静かに云った。

「おかずじゃなくて、向きを見たんだよ」

きょとんとしている私に向かって、部長が云った。

「Hさんは、ちゃんと弁当が正面を向いているかどうか確認したんだ。お客様にお出しした時に失礼がないように」

びっくりした。そんなこと、考えもしなかったのだ。てっきりおいしそうかどうか覗いてるんだと思った。弁当の向きだなんて……、私は仕事に対する意識の違いにショックを受けた。

また、別の或る日。エレベーターの中で、お客さんがペンを落としたことがあった。それをHさんが、なんと空中でキャッチしたのである。これはもう、プロ意識とか、臨機応変な対処とかを超えている。ほとんど武芸者のレベルだろう。

身近にそれほど優れたお手本がいたのに、私はまったく学べなかった。お手本が良すぎたせいで、自分との差をただただ思い知った。

何年働いても、私は本社の電話番号を覚えていなかった。記憶力の問題ではなく、たぶん心の深いところで関心がなかったのだ。

そんな私は、社長にタクシーを停めさせてしまったことがある。社長とお客さんの会談が終わった時、私は総務部員として見送りに出た。なかなか空車が来ないなあと思っていたら、突然、社長が車道に飛び出していって、タクシーを停めてしまったのだ。

お客さんは驚いた目で、社長と私を交互に見ていた。そりゃ、そうだよなあ。もちろん、私がやらなくてはいけないのだ。でも、咄嗟に体が動かなかった。

その件で、社長に叱られることもなかった。肩書や立場に関係なく、できる人はいつもできる。できない人はいつもできない。僕は根本的に駄目だ、と思った。ここにはいられない、と。それから、会社を辞めることを考える日々が始まった。

会社を辞めた時の話

会社に通っていた十七年の間に、辞めようと思ったことが何度くらいあっただろう。数え切れない。

実際に辞表を懐にして、上司の元に向かったことも十数回。でも、途中で足が進まなくなって、くるっと引き返してしまった。どうしても勇気が出ない。そもそも、自分の中に前向きな理由がない。ただ会社が辛くて辞めたいだけなのだ。

それに退職した後、どうやってご飯を食べていったらいいのか。まずその見通しが立ってから辞めよう。そう思って、実務翻訳者になるための学校の資料を取り寄せたりもした。だが、実際に通うパワーはない。会社にいるだけでへろへろなのだ。毎日、12時から1時の昼休みには机に突っ伏して眠る。目が覚めたら2時15分なんてこともあった。

特別ハードな仕事をしていたわけではない。ごく普通の事務である。にも拘わらず、あまりにも私のやる気がないので、一人だけいた部下の女性にはすっかり軽蔑されていた。

或る日、彼女とこんな会話をしたことがある。

ほ「洗ったふきんは、給湯室のふきん掛けに掛けておいてね」

部「ふきん掛け、ありません」

ほ「え、どういうこと?」

部「そんなものありませんよ」

話がわからない。ふきん掛けがない、ってどういうことだろう。怪訝《けげん》に思って、給湯室に見に行った。と、なんと、ふきん掛けが根元からへし折られているではないか。なんかもう、意味がわからなくて、おそろしくて、ぼうっとしてしまった。

彼女に理由を訊いたり、叱ったりする気力が出ない。何がなんだかわからないけど、突き詰めれば、たぶん私が悪いんだろう。これ以上この場所にいたくない。心の中は、ただそれだけだった。

そんな自分が、本当に会社を辞めることになったきっかけは人間ドックだった。視神経に異常あり、と診断されたのだ。　再検査の結果は緑内障。　視野が少しずつ狭くなって、失明の可能性があります、とのことだった。

それによって、生きる上での価値観というか感覚が一気に変わった。それまで会社を辞めるのがこわかったけど、より怖ろしい問題が持ち上がったことで、相対的にウエイトが軽くなった。「恐怖のランキング」が変動したのである。

私はふらふらと部長のところに行って辞意を伝えた。引き留められることはなかった。何かの文学賞でも受賞してから退職するのが夢だった。でも、現実にはまったく逆方向からの力によって、会社の外に飛び出すことになったわけだ。

退職の当日は、さすがに感傷的な気持ちだった。これでもう二度と会社員にはなれないんだろうな、と思った。「何かわからないことがあったら、いつでも電話して」と、ふきん掛けの部下に云った。彼女は無表情だった。

最後に所属していたのは、三人だけの部署だった。部長と私と部下の女性である。私が辞めた後の人員補充はなかった。残った二人で、ちゃんとやっているらしい。自分が会社の役に立ってないのは知っているつもりだった。でも、それがはっきりと目に見える形で証明されたわけだ。

退職から数ヵ月後、一度だけ部下の女性から電話がかかってきた。「新人歓迎ボウリング大会のポスターは、倉庫のどこにあるんですか？」という内容だった。

トイレの夢

先日、数人でお茶を飲んでいた時のこと。夢の話になった。

A「夢、見ないなあ」

B「え、嘘、一回も見たことないの？」

A「うん」

C「絶対見てるよ、覚えてないだけでしょう」

A「そうかなあ。でも、覚えてないなら見てないのとおんなじことじゃない？」

みんなの話を聞きながら、夢を見たことがないってどういう感じだろう、と思っていた。もしも自分だったら、不安になりそうだ。みんなが見てるらしいのに、自分だけがそれを見ないなんて。

B「ほむらさんはどう?」
ほ「え、夢のこと?」
B「うん」
ほ「見るよ。子供の頃は、空を飛ぶ夢とかご馳走を食べる夢とかだったけど、今は三回に一回はトイレの夢」
ABC「ええっ」
ほ「何日も続くこともあるよ。チャンネルを替えても替えてもおんなじ番組をやっているテレビみたい」
ABC「(笑)」

でも、本当なのだ。これはたぶん、加齢によってトイレが近くなったことと関係があると思う。
眠っている時、脳の中で、おしっこしたい、というアラームが鳴る。そこで目が覚めればトイレに行ける。でも、さほど強くないアラームだと、そのまま眠り続けることになる。その代わり、夢が影響を受けるのだ。

目覚めている時は、そんな風に理屈もわかっているつもりだし、友だちに話せば笑い話である。でも、夢の中の私は真剣だ。トイレ、トイレ、トイレ、と念じながら懸命にトイレを探している。

だが、なかなか見つからない。やっと辿りついて、ドアを開けると、そこは八畳くらいのがらんとした部屋で、カーペットの真ん中にぽっかりと穴が開いている。私は近づいて、その穴を見つめながら、これはトイレだろうか、と迷う。大きさ的にはトイレだけど、しかし、ただの穴なのだ。尿意はますます募る。焦る。でも……。

昨日見たのは、そんな夢だった。おしっこしたい、というアラームは鳴っている。でも、現実の肉体はベッドの中にいるのだから、そのままましたら大変なことになる。危険、危険、危険、というアラームが鳴っている。つまり、眠っている脳の中で、二つのアラームが鬩《せめ》ぎ合っているのだ。

その結果が、夢の中身に反映しているのだろう。トイレがなかなか見つからない、とか、見つかってもトイレかどうかよくわからない、とか。

だって、夢の中で快適なトイレがすぐに見つかったら、ほっとしてしまう。イコールおねしょである。それは困る。でも、トイレを探して彷徨う夢は苦しい。いっそのこともっと強くアラームを鳴らして、私を目覚めさせて欲しい。

もうトイレの夢は嫌だ、と思っていたら違う夢を見た。しかも二晩続けて。私は弁当屋で、売り物の弁当におかずを詰めている。ところが、それがぐちゃぐちゃにな る。まずい、と焦るんだけど、何度詰めても、どんなに慎重にやっても、ぐちゃぐちゃになる、という内容である。どうしてこんな夢ばっかりなんだ。

見分けられない

私の母親は「ディズニーランド」や「ピンクレディー」や「カフェオレ」を発音できなかった。どうしても「デズニーランド」「ピンクレデー」「カフオレ」になってしまう。つまり、小さい「ィ」や小さい「ェ」が云えないのだ。

これは彼女個人の問題ではなかったと思う。或る世代より上の人は、かなり高い確率で「ディズニーランド」を「デズニーランド」と発音するんじゃないか。

同様に、或る世代より上には、晩御飯の主食がパンなのはNGという人がいたと思う。朝御飯や昼御飯がパンなのはいい。でも、夜はやっぱり白い御飯じゃないと駄目、という層である。気持ちはわかるし、それが悪いわけじゃ全くないけど、でも、海外で暮らしたりはできないんじゃないか。

そんな彼らの姿を見ていると、ふっと不安になった。いつか、どこかで、自分の世代にも、そういう限界が訪れる日が来るのだろうか。いつ、どんな形で、そうなるんだろう。
という不安を口にしたら、若者に訊かれた。
若「ほむらさん、スマホ持ってますか？」
ほ「持ってるよ」
若「アプリをインストールしたことは？」
ほ「う、ない」
若「じゃ、もう限界来てるじゃないですか」
うーん、と思う。そうかなあ。「アプリをインストールしたことがない」が、「デズニーランド」や「夜はやっぱり白い御飯」と同じってことになるのだろうか。どうも納得がいかない。
だが、そんな私も自覚せざるを得ない日がやってきた。それは近所のコンビニエンスストアに行った夜のこと。雑誌売り場にいた私は、表紙の美しい女性を指さして、妻に尋ねた。
ほ「これは誰？」
妻「佐々木希かな」
ほ「そう」

それから、私は別の雑誌を指さして尋ねた。

ほ「じゃ、これは？」

妻「それも佐々木希だね」

どきっとした。それから二冊の表紙を交互に見つめる。こっちが佐々木希、こっちも佐々木希。そういえば、似てるような気がする。いや、違う。似てるんじゃない、だって同じ人なんだから。

その日は、それだけだった。でも、不安な気持ちが残った。だから、コンビニに行くたびに、表紙の女性たちの名前を尋ねるのが習慣になった。

でも、駄目なのだ。いくら名前を聞いても顔と一致しない。どうしても見分けられない。たくさんの美人の中には、何人もの佐々木希さんがいた。化粧や髪型や表情や角度が少し変わると、私にはもうその人であることが認識できなくなってしまうのだ。美人だと思うのに、誰一人誰だかわからない。あ、この人わかる、知ってる、とはっきり感じて、うれしくなる一瞬があったけど、それは又吉直樹さんだった。

そうか、と思う。これが世代の限界か。いったいどんな風にそれが来るのか、と思っていたけど、まさか、コンビニの雑誌の表紙に、それを知らされるとはなあ。

と書いてきて、ふと気がついた。この問題について、他の同世代と話し合ったわけではない。勝手に世代の限界と決めつけていたけど、もしかしたら、違うのかもしれない。それは単に私個人の限界に過ぎなくて、世の中には、彼女たちの名前をすらすら云える五十四歳もいるのかもしれない。

ハイレベルな友人

北大の時、同級生のYくんと一緒に部屋を借りていた。或る日、外出から戻ると、様子がおかしかった。いつも明るいYくんの表情が暗いのだ。

ほ「どうしたの？」

Y「財布、落としたんだ」

ほ「え、どこで」

Y「たぶん、電話ボックスだと思う」

ほ「見に行った？」

Y「うん、もう無かった」

ほ「いくら入ってたの？」

Y「六万」

ほ「え！」

Y「ちょうど下ろしたばっかりだったんだ」

それは落ち込むよなあ、と思って、咄嗟に慰める言葉が出なかった。Yくんが、ぽつりと云った。

「財布を失くしたことよりも、自分がそんな間抜けだったたってことがショックだよ」

その言葉に、私は驚いた。そうなのか。そういう感じ方もあるのか、と思ったのだ。

私は自分のへまに慣れている。だから、道に迷っても、電車を乗り過ごしても、財布を落としても、まったく意外とは思わない。「自分がそんな間抜け」だってことは、とっくに知り抜いているからだ。

でも、Yくんは違うのだ。気の合う友人でも、セルフイメージは、ずいぶん異なっていることを知った。確かにYくんは有能で、何でも最初からうまくできるタイプである。しかも、独特の美意識の持ち主だった。

卒業後、お互いが就職してから、こんな会話を交わしたことがある。

ほ「僕の会社、朝礼があるんだよ。嫌だなあ」

Y「うちもあるよ、しかも、休憩時間には全員でラジオ体操」

ほ「げっ、そんなの耐えられないよ。Yくんもやってるの？」

Y「ううん。ラジオ体操の音楽が流れると、一人で応接室に入って、みんながやってる間、僕は片手腕立て伏せをしてるんだ」

へえ、と思った。なんか、恰好いいなあ。映画の中の松田優作みたいだ。運動としては、片手腕立て伏せの方がずっときついだろう。でも、その方がみんなで一斉にやるラジオ体操よりもいい、という考えらしかった。

さらに数年後、Yくんは結婚した。

ほ「おめでとう」

Y「ありがとう」

ほ「夫婦喧嘩とかすることもあるの？」

Y「あるよ。彼女が蹴ってきたから、腕で受けて、『全然、効かないよ』と云ったんだ」

ほ「えっ、奥さんが蹴り？」

Y「うん。そうしたら、悔しがって、空手教室に通い始めたんだ。最近はきれいなハイキックを出してくるよ。重い蹴りで、受けた腕がびりびりする」

びっくりした。なんという、ハイレベルな夫婦喧嘩なんだ。奥さんも、さすがにYくんと結婚するだけのことはある。二人は似たもの同士なんじゃないか。

数年前から、Yくんはマラソンに熱中し始めて、出張先でも毎朝十キロは走っているとのこと。ボストンマラソンにも参加して、先日は、地元のハーフマラソンで初めて表彰台に上った。

そんなYくんの好きな言葉は「トラブル・イズ・マイ・ビジネス」。仕事や日常で何か問題が発生すると猛然とファイトが湧くらしい。それを解決するのが楽しみ、と云っていた。何よりも「トラブル」を怖れて、それを避けよう、人に任せよう、とする私とは正反対だ。

がんばれない

北海道大学に入学した春、私はワンダーフォーゲル部に参加した。新人歓迎山行というものがあって、その時、生まれて初めて山らしい山に登った。そこで、私は知ったのだ。自分には体力がない、ということを。パーティから、私一人だけが遅れてゆく。メンバーには私と同じ新入生の女子もいた。でも、彼女にもついてゆくことができない。遅れてしまった私のことを、みんなは立ち止まって待っている。やっと追いつくと、その瞬間に全員が進み始める。また、じりじりと差が開いてゆく。その繰り返しなのだ。

苦しかった。そして、それ以上にショックだった。もともと体育の成績がよかったわけではない。でも、まあ普通だったと思う。こんなに体力がなかったのか。いや、単純な筋力ならいくらなんでも女子よりはあるはず。たぶん、苦痛に耐えてがんばる力が足りないのだ。すぐに、もう駄目だ、と思ってしまう。

先輩が山の頂上に立てた旗には「スカッパレ（快晴のこと）。全員好調。カオリも元気でがんばる。ヒロシはややバテ気味」と書かれてしまった。仕方なく笑っていたけど、内心はがっくりきていた。

その後の人生で、私は、寝不足に耐えてがんばるとか、風邪の熱に耐えてがんばるとか、そういう力の弱さも自覚することになった。

先日、目の前で、自転車に乗った男性が転んだ。歩道の段差にでも躓いたのか、けっこうな勢いで倒れて、すぐには起き上がることができない。

近くを歩いていた中年の女性たちがわらわらと駆け寄って、「大丈夫？」「痛いところは？」と口々に声をかけている。男性たちが、車道に倒れている彼の自転車を安全な場所まで運んでいる。

その中で、私だけが何もできなかった。体が棒のようになって動けない。できれば、見なかったことにして、そっと立ち去りたい。でも、なんとなく引け目を感じて、その場にぼーっと立っている。何にもしないまま。

やがて、倒れた男性がよろよろと起き上がった。それを見て、うん、まあ大丈夫そうだね、よかったよかった、じゃ、私はこの辺で、という顔で逃げ出した。そんな私のことを、見ている人なんて誰もいないのに。

似たようなことが何度もあった。これは単純にがんばれないというのともまた違う、或る意味では、ずっと悪い弱さだと思う。小銭を落としても、ちゃんと探すことができず、すぐに「なかったこと」にしてしまうような、つるんとした無感覚。私は目の前で他人が転んでも「なかったこと」にしたいのだ。

しかも、転んだ男性にすぐに駆け寄った中年女性のような人々のことを、普段は軽く見ているところがある。電車の中で大声で喋るとか、会話に繊細さがないとか、お節介だとか、そんな理由で。

でも、いざ現実のアクシデントがあった時、彼女たちは咄嗟に体を動かして、他人のために何かをすることができる。一方、頭でっかちで心ちびの私は、つるんと棒立ちだ。

私は自分が生きている世界が平和であることを強く願っている。みんなの命が危険に晒されるような非常事態の下では、私のようにがんばれず、しかも、他人と助け合えない人間は、存在を許されないだろう。自分の弱さについてあれこれ考えて、一つずつ文字を並べて、それで御飯が食べられる日が、一日でも長く続きますように。

時間を味方にする方法

会社に入った春のこと。研修期間中の昼休みに、Mさんという先輩社員が新人だけを集めて話を始めた。

「そろそろ初めての給料が貰えるね。嬉しいと思うけど、そこから三万円は、必ず天引きで貯金するように」

みんなは顔を見合わせた。私も不審に思った。だって、そんなこと仕事とは関係ないし、個人の自由ではないか。

「そんなこと仕事とは関係ないし、個人の自由だと思うだろう?」

ぎくっ。心を読まれた?

「確かに、その通り。でも、ここは目をつぶって、とにかく云う通りにしてくれ。そうしたら十年後、きっと僕に感謝する日がくるから」

そこまで云われたら、拒否できない。ただでさえ少ない新入社員の給料から、毎月三万円天引きされるのは痛かった。でも、だんだん慣れてきた。最初からなければ、そういうものだと思ってなんとかやりくりするからだ。

そして十年後、Mさんの言葉の意味がわかった。天引きのおかげで、全員にそれなりの貯金ができたのだ。これがなかったら、私の性格では、ほとんどお金なんて貯められなかっただろう。先輩、ありがとう。でも、感謝すべきMさんは、その時はもう会社を辞めていた。

けれど、この時の体験を通して、いちばん強く感じたのは、天引き貯金の威力でも、先輩への感謝でもなかった。本当に思い知ったのは、時間が過ぎることの速さである。

ぼーっとしていると、あっという間に、十年くらい経ってしまう。そのことを新入社員の私は知らなかった。だって、○歳から十歳とか、十歳から二十歳までの十年は、とても長く感じたから。

でも、学校を卒業すると、時間の感覚は変わる。いきなり速くなるのだ。学生時代のことは、一年ごとに何があったかどんな年だったか、ちゃんと覚えている。でも、例えば社会人五年目と六年目と七年目の違いなんて、まったく思い出せない。団子のようにひと塊だ。

怖い。けれど、時間はさらに速くなってゆく。漢方薬を試してみたい、と思っているうちに十年経ってしまった。自宅にインターネットを導入しなきゃ、と思っているうちに十年経ってしまった。人生の三分の一は眠っているんだからベッドはいい物を使うべき、という意見に納得して、買い替えよう、と思っているうちに十年経ってしまった。親孝行しなきゃ、と思っているうちに、母が死んでしまった。何もできないまま、どんどん日々が過ぎてゆく。あわあわしているだけで、時間の尻尾にも触れない。このままでは駄目だ、なんとかしなきゃ、と思っているうちに死んでしまいそうだ。

天引き貯金の時のように、なんらかの工夫が必要なのだ。でも、どうすればいいんだろう。時間を味方にする方法がわからない。

とにかく、手近なところから、できることからやろう。そう考えて、最近、シャワーを出して水からお湯になるまでの間に、スクワットをしている。少しでも時間を取り返しているつもりなのだ。

そう話すと、「裸でスクワット？　でも、せいぜい、二回くらいしかできないでしょう」と驚かれることがある。そんな時、ああ、この人の家のシャワーは新型なんだな、と思う。十五回くらいできますよ。

流星とチーかま

高校生の時、私は天文部だった。部員のみんなと流星群を観測に行ったことがある。町中では明るすぎるので、流れ星がよく見えるように、お城の跡地まで行くことにした。

待ち合わせが夜の駅というのは、なんだか不思議な気分だった。集まってきたみんなもわくわくしているようだ。観測予定地に向かう前に、駅前のスーパーマーケットで食料を揃えた。ちょうど割引になっていた握り鮨のパックを、私たちは喜んで買い込んだ。高校生なのにお鮨。流星群の観測なのにお鮨。変だけど、たぶん、テンションが上がっていたのだろう。

現地に着いて、まずテントを張ってから、晩御飯を食べることにした。その間にも流れ星は飛ぶかもしれない。灯りを点けると星が見えにくくなるから暗闇の中での食事である。最初にまとめてお醤油をかけてから、ひんやりしたお鮨を口に運ぶ。

「なんか、このお鮨」と、一人が遠慮がちに声を上げた。「あんまり、おいしくないね」

みんなも頷いた。正確には、おいしくないというよりも、よく味がわからないのだ。暗闇の中で口に入れると、どれもおんなじ味に思えた。お鮨というものは、まず目で見て、「お、平目」とか「ほたて最高」とか思いながら食べるからおいしい、ということを初めて知った。

「これならチーかまの方がうまいね」

部長のアキヒコが断言した。その頃、天文部ではチーズかまぼこが流行っていたのだ。さっきのスーパーでも夜のおやつとしてちゃんと買ってきた。

「星、ぜんぜん流れないね」

「晴れてるのに、変だなあ」

お鮨は味がしない。星は流れない。みんなのテンションが落ちてきた。

その時、空の一点が光った。と思ったら、「ごうっ」という音とともに、夜空にチョークを引くように眩《まばゆ》い光のラインが描かれた。「おー」と全員が叫んだ。

「すごい！」

「いきなり大物だ！」

一同が興奮で跳ね回っている時、アキヒコがテントから顔を出した。

「なになに、流れ星？」

「うん」

「えー！　しまった！」

「まさか、アキヒコ先輩、見逃したの？」

「いや、これを探しにテントに入ってたんだ……」

その手に握られていたのは、チーかまだった。

「タイミング悪いなあ」

「あんな凄いのを見逃すなんて」

「ひとりでこっそり食べようとするからだよ」

アキヒコ部長の「チーかま盗み食いによる流星見逃し事件」によって、みんなはいっそう盛り上がった。その後も、小さな流星たちがひゅんひゅん空を流れていった。

私たちは思い思いの場所に寝ころんで、小さな声で話したり、笑ったりしながら、それを見た。そんなやりとりの中で、誰が誰を好きなのか、なんとなくわかってしまう瞬間があった。夜が深まるにつれて、ますます流星の数は増えていった。

高校を卒業してから、三十数年が経った。でも、あの夜の最初の流れ星以上の大物は一度も見ていない。真っ暗闇でお鮨も一度も食べていない。

あの時、流れ星を見逃したアキヒコの顔を見て、げらげら笑いながら、こんなことが何度も、そして、いつまでも続くような気がしてたけど、そんなことはなかった。ぜんぜんなかった。

天文部の友人たちにも一度も会っていない。チーズかまぼこは、今もときどきコンビニで買って食べている。

●初出一覧（目次順）

天職の世界の人々＝「This! volume1／カエル王子の恋＝Maybe! volume1（「カエル王子の恋愛」を改題）／ケーキ殺し＝天然生活２０１６年２月号／片思い＝北海道新聞２０１３年４月11日／シンジケート＝読売新聞２０１６年８月21日／自分に忠告＝北海道新聞２０１０年４月８日／人間のピーク＝北海道新聞２０１３年１月10日／記憶壺＝北海道新聞２０１０年６月10日／未来人＝北海道新聞２０１０年７月14日／きっぱりできない＝北海道新聞２０１０年８月12日／カモは二度毟られる＝BIRD 4号（「カモは二度毟れ」を改題）／部屋＝書き下ろし／微差への拘り＝北海道新聞２０１２年１月12日／言葉の完成度＝北海道新聞２０１１年２月10日／肝のサイズ＝北海道新聞２０１１年４月14日／常識の変化＝北海道新聞２０１１年５月19日／できない人＝北海道新聞２０１１年６月９日／写真の謎＝北海道新聞２０１１年８月11日／他人の感覚＝北海道新聞２０１１年９月８日／庶民的呪縛＝北海道新聞２０１１年10月13日／ムラがある＝北海道新聞２０１１年11月10日／男の幻滅ポイント＝北海道新聞２０１１年12月８日／少数派＝北海道新聞２０１１年１月13日／逃げ出すライン＝北海道新聞２０１２年３月８日／ひとんち＝北海道新聞２０１２年４月12日／静かな幸福＝北海道新聞２０１２年５月10日／ババロア＝北海道新聞２０１２年７月12日（「世代差」を改題）／心の物差し＝北海道新聞２０１２年８月９日／広いお風呂がいいかなあ＝北海道新聞２０１２年９月13日／敬語を使ってはいけない＝北海道新聞２０１２年10月11日（「身の丈問題」を改題）／痛いところ＝北海道新聞２０１２年11月８日／鼠の顔＝

北海道新聞２０１２年12月13日／云えない＝北海道新聞２０１０年５月13日（「怒るタイミング」を改題）／夢の水曜日＝北海道新聞２０１０年12月９日／百葉箱の謎＝北海道新聞２０１３年７月11日／何もない青春＝北海道新聞２０１３年９月12日／お菓子の話＝北海道新聞２０１３年10月10日（「お菓子の思い出」を改題）／未来になって判明したこと＝北海道新聞２０１４年１月16日／どうしても書きたいこと＝北海道新聞２０１４年３月13日（「確固たるものがない」を改題）／それぞれの世界の限界＝北海道新聞２０１４年４月15日／神様＝北海道新聞２０１４年５月13日／めんどくさくて＝北海道新聞２０１４年10月15日（「すでに犯罪レベル」を改題）／不審者に似た人＝北海道新聞２０１４年11月11日／お金持ちを想像する＝北海道新聞２０１４年12月９日／お金の使い道＝北海道新聞２０１５年１月14日（「お金の使い方」を改題）／自分と他人＝北海道新聞２０１５年４月14日／人生の予習＝北海道新聞２０１５年６月９日／現実＝北海道新聞２０１５年７月14日（「現実の素顔」を改題）／心の弱さ＝北海道新聞２０１５年10月14日／日本の幅＝北海道新聞２０１５年11月10日／いつもの世界＝北海道新聞２０１５年12月９日／我が家の法律＝北海道新聞２０１６年１月19日／野良猫を尊敬した日＝北海道新聞２０１６年２月９日／行動パターン＝北海道新聞２０１６年３月８日／会社の思い出＝北海道新聞２０１６年４月12日／会社を辞めた時の話＝北海道新聞２０１６年５月17日／トイレの夢＝北海道新聞２０１６年６月14日／見分けられない＝北海道新聞２０１６年７月12日（「世代の限界」を改題）／ハイレベルな友人＝北海道新聞２０１６年８月９日／がんばれない＝北海道新聞２０１６年10月12日／時間を味方にする方法＝北海道新聞２０１５年９月15日

解説

ほむらさんと二種類の幸福

雪舟えま（作家）

本書に登場する人びとは皆魅力てきなエピソードをもっている。奥さんや友人や仕事で会う人だけでなく、ひととき近くに居合わせただけの人からも、穂村弘《ほむらひろし》はそのユニークさを見逃すことなくすいっと抽出する。この世の人間関係のルール（？）として、自分とどこか引きあったり、釣りあいのとれた相手としか出会わないし、関係もつづかないものだ。素敵な人が周囲に集まるということは、「ほむらさん」自身が素敵だからなのだけど、当人はそれを知ってか知らずか、自身の言動を顧《かえり》みては「僕は駄目だなあ」てきなことばかりいっているので、えーなんで？　と笑ってしまう。本書『野良猫を尊敬した日』は、ほむらさんの魅力が空回りする……ように見せかけて、華麗な三回転半で読み手の胸に飛びこんでくる、そんな愛おしいエッセイ集だ。

天職に就いている人たちの、仕事へのエネルギッシュでパンチの効いた発言と、嘘ではないが気弱な自分の発言を比較して、「駄目なんだ」と思うほむらさん。電車の故障で新幹線への乗り換えの時間がないときに、ほかの乗客のように行動を即決できない自分を「恰好悪い」と思うほむらさん。病院で、採血の下手なナースに「代わって欲しい」の一言がいえないほむらさん。そんな彼が憧れるのはもちろん、「迷いの無さ、静かな自信、これで良いという思い込み、などを自然に備えた人」だ。そういう人に出会うと、「眩《まぶ》しさのあまりつい見つめてしまう」くらいに惹《ひ》かれる。

ある人が、自分で「よい」と思いこんでいることをあきらかにするとき、その意外さに、既知の世界が更新されるのを感じることがある。引っ越しの話題で盛りあがっている場で、落ちついた表情で「僕は西日が好きだから」といった友人に、ほむらさんはしびれる。「南向きとか東南角とか」がこのましいとされる世間一般の価値観から自由なこの友人は、ナチュラルな魅力にあふれた人物なのだろうなあと想像する。

ある冬の明け方、ほむらさんはネット上で友人がリアルタイムな書きこみをしているのに気づく。そこには、いまおなじ時間に起きている人への「おはようございます」という呼びかけがあり、空を眺めながらコーヒーとチョコレートを味わい、鳥の声に耳を澄ませているということが淡々と書いてあった。こんな素敵な時間にはもう「いろんな望みは平べったくなってしまっていい」とまで述べられており、ほむらさんはその言葉の意味について考え——「気づかぬうちにもう望みは叶っているってことかもしれない」と思いいたる。そして、この書きこみから、ほむらさん自身も「どうしてか、今までそのことを忘れていたのだ。私の人生はこんなにも幸福に充たされているのに」と気づく。

その感覚をもって近所を歩いてみれば、見慣れたものがなんと新鮮に映ることか。コンビニの「卵サンド」や「濃厚チーズ鱈《たら》」がたまらなく美味《おい》しそうに見え、食べてみると「うまっ、うまっ」と声をあげてしまうほど美味しい。さらに、これを「外国に輸出したらどうだろう」「ノーベルおつまみ賞だ」と空想はのびのび広がる。

幸福には二種類ある。ひとつは、現代の私たちの大半がそれを「幸せ」であると教えられて育ってきたもの――達成したり、獲得したり所有したり、勝利したり、進化や成長や向上を認められたりといったことだ。これらの多くは自分と他者を比較することで感じる幸福であり、失敗や喪失や不足や敗北への恐れ、劣等感や停滞感と表裏一体のワンセットになっている。私たちは、ありのままの自分でいることがどうにもこうにも居心地わるいらしく、つねにいまの自分になにかをプラスしつづけていなければ落ちつかない。

もうひとつの幸福が、ネットで冬の早朝の書きこみをした友人の味わっていた幸福であり、ほむらさんが卵サンドに突進し、チータラを輸出したならと子どものような空想をくり広げたときの幸福だ。こちらの幸福の根拠には他者との比較はない。ただ自分が自分であることで満たされ、「世界」と呼ばれるこの空間で胸が満たされ、「気づかぬうちにもう望みは叶って」いたとさえ思える。

後者のタイプの幸福を、ほむらさんはたびたび強く実感する。ひどい風邪《かぜ》から回復したとき、「熱がないってなんて気持ちいいんだろう。それだけでもう何も要らない」と思うのだ。これも自分が自分である状態に戻れたよろこびだといえる。私たちは特別なプラスがなくても、「いやなことがない」だけで――マイナスからゼロのポイントに戻るだけで、じゅうぶん幸福を感じるようにできているらしい。

後者の満ちたりた幸福の中にあるとき、自分やこの世界にはなにも欠けたところがなく完璧だと感じ、私たちはゼロにしてすべてとでもいうべきものになっているのではないか。「この気持ちを壊さないように生きてゆきたい」とほむらさんは願うのに、切ないことに長くはつづかない。なぜなのだろう？　それは、たとえば、卵サンドやチータラといっしょに購入した本『日本のタブーThe Best　知らなかったあなたが悪い！』の影響かもしれない。そこには「激安メニューが危ない！」『アイツ消したれ！』紳助《しんすけ》に睨《にら》まれた獲物たち」「フリーアナが稼ぎだす年収を完全暴露」といった、世間の価値観、他者との比較の世界の情報があった。それに触れることで、無邪気に境界なく拡大していたほむらさんのハートが冷たく萎縮《いしゅく》していく感じが伝わってきた。

二種類の幸福といったが、どちらがよくてどちらがわるいというものではない。併存するのがいまの地球で、それで完璧ということなのだろう。現代社会では圧倒てきに前者の幸福を求めることが多いように見えるが、逆転していく時代も来るのだろうか。

（「群像」２０１７年３月号掲載）

本書は二〇一七年一月、小社より単行本として刊行されました。

|著者| 穂村 弘　1962年北海道生まれ。歌人。'90年歌集『シンジケート』でデビュー。その後、詩歌のみならず、評論、エッセイ、絵本、翻訳など幅広いジャンルで活躍中。2008年『短歌の友人』で第19回伊藤整文学賞、'17年『鳥肌が』第33回講談社エッセイ賞、'18年『水中翼船炎上中』で第23回若山牧水賞を受賞。著書に、歌集『手紙魔まみ、夏の引越し（ウサギ連れ）』『ラインマーカーズ』、エッセイ集『世界音痴』『にょっ記』『絶叫委員会』『ぼくの短歌ノート』『整形前夜』『君がいない夜のごはん』など多数。

野良猫《のらねこ》を尊敬《そんけい》した日《ひ》
穂村《ほむら》 弘《ひろし》

2021年2月16日第1刷発行
2022年1月19日第3刷発行

発行者——鈴木章一
発行所——株式会社　講談社
東京都文京区音羽2-12-21　〒112-8001
電話　出版（03）5395-3510
　　　販売（03）5395-5817
　　　業務（03）5395-3615
Printed in Japan

講談社文庫
定価はカバーに
表示してあります

KODANSHA

デザイン—菊地信義
本文データ制作—講談社デジタル製作
印刷———豊国印刷株式会社
製本———株式会社国宝社

ISBN978-4-06-521942-3

講談社文庫刊行の辞

二十一世紀の到来を目睫に望みながら、われわれはいま、人類史上かつて例を見ない巨大な転換期をむかえようとしている。

世界も、日本も、激動の予兆に対する期待とおののきを内に蔵して、未知の時代に歩み入ろうとしている。このときにあたり、創業の人野間清治の「ナショナル・エデュケイター」への志を現代に甦らせようと意図して、われわれはここに古今の文芸作品はいうまでもなく、ひろく人文・社会・自然の諸科学から東西の名著を網羅する、新しい綜合文庫の発刊を決意した。

激動の転換期はまた断絶の時代である。われわれは戦後二十五年間の出版文化のありかたへの深い反省をこめて、この断絶の時代にあえて人間的な持続を求めようとする。いたずらに浮薄な商業主義のあだ花を追い求めることなく、長期にわたって良書に生命をあたえようとつとめるところにしか、今後の出版文化の真の繁栄はあり得ないと信じるからである。

同時にわれわれはこの綜合文庫の刊行を通じて、人文・社会・自然の諸科学が、結局人間の学にほかならないことを立証しようと願っている。かつて知識とは、「汝自身を知る」ことにつきていた。現代社会の瑣末な情報の氾濫のなかから、力強い知識の源泉を掘り起し、技術文明のただなかに、生きた人間の姿を復活させること。それこそわれわれの切なる希求である。

われわれは権威に盲従せず、俗流に媚びることなく、渾然一体となって日本の「草の根」をかたちづくる若く新しい世代の人々に、心をこめてこの新しい綜合文庫をおくり届けたい。それは知識の泉であるとともに感受性のふるさとであり、もっとも有機的に組織され、社会に開かれた万人のための大学をめざしている。大方の支援と協力を衷心より切望してやまない。

一九七一年七月

野間省一

藤原緋沙子　笛　　吹　　川〈見届け人秋月伊織事件帖〉
藤原緋沙子　青《せい》　　嵐《らん》〈見届け人秋月伊織事件帖〉
椹野道流　亡　羊　の　嘆〈鬼籍通覧〉
椹野道流　新装版　暁　天　の　星〈鬼籍通覧〉
椹野道流　新装版　無《む》明《みょう》の　闇〈鬼籍通覧〉
椹野道流　新装版　壺《こ》中《ちゅう》の　天〈鬼籍通覧〉
椹野道流　新装版　隻《せき》手《しゅ》の　声〈鬼籍通覧〉
椹野道流　新装版　禅《ぜん》定《じょう》の　弓〈鬼籍通覧〉
椹野道流　池《ち》魚《ぎょ》の　殃《わざわい》〈鬼籍通覧〉
椹野道流　南《なん》柯《か》の　夢〈鬼籍通覧〉
深水黎一郎　世界で一つだけの殺し方
深水黎一郎　ミステリー・アリーナ
深水黎一郎　倒　叙　の　四　季〈破られた完全犯罪〉
藤谷　治　花　や　今　宵　の
古市憲寿　働き方は「自分」で決める
船瀬俊介　かんたん「1日1食」!!〈万病が治る！　20歳若返る！〉
二上　剛　黒薔薇　刑事課強行犯係　神木恭子
二上　剛　ダーク・リバー〈暴力犯係長　葛城みずき〉
古野まほろ　身元不明《ジェーン・ドウ》〈特殊殺人対策官　箱崎ひかり〉

古野まほろ　陰　陽　少　女
古野まほろ　陰　陽　少　女〈妖刀《ようとう》村正《むらまさ》殺人事件〉
古野まほろ　禁じられたジュリエット
藤崎　翔　時間を止めてみたんだが
藤井邦夫　大江戸閻《えん》魔《ま》帳《ちょう》
藤井邦夫　三　つ　の　顔〈大江戸閻魔帳㈡〉
藤井邦夫　渡　世　人〈大江戸閻魔帳㈢〉
藤井邦夫　笑　う　女〈大江戸閻魔帳㈣〉
藤井邦夫　罰《ばち》当《あた》り〈大江戸閻魔帳㈤〉
藤井邦夫　福　の　神〈大江戸閻魔帳㈥〉
福澤徹三　糸《し》柳寿昭　忌《い》み　地〈怪談社奇聞録〉
福澤徹三　糸柳寿昭　忌《い》み　地　弐〈怪談社奇聞録〉
藤井太洋　ハロー・ワールド
藤野嘉子　60歳からは「小さくする」暮らし　生き方がラクになる
福澤徹三　作　家　ご　は　ん
辺見　庸　抵　抗　論
星　新一　エヌ氏の遊園地
星　新一編　ショートショートの広場①〜⑨
本田靖春　不　当　逮　捕

保阪正康　昭和史　七つの謎
堀江敏幸　熊　の　敷　石
本格ミステリ作家クラブ編　子ども狼ゼミナール〈本格短編ベスト・セレクション〉
本格ミステリ作家クラブ編　ベスト本格ミステリ　TOP5〈短編傑作選001〉
本格ミステリ作家クラブ編　ベスト本格ミステリ　TOP5〈短編傑作選002〉
本格ミステリ作家クラブ編　ベスト本格ミステリ　TOP5〈短編傑作選003〉
本格ミステリ作家クラブ編　ベスト本格ミステリ　TOP5〈短編傑作選004〉
本格ミステリ作家クラブ選・編　本格王2019
本格ミステリ作家クラブ選・編　本格王2020
本格ミステリ作家クラブ選・編　本格王2021
星野智幸　夜は終わらない（上）（下）
本多孝好　君　の　隣　に
本多孝好　チェーン・ポイズン〈新装版〉
穂村　弘　整　形　前　夜
穂村　弘　ぼくの短歌ノート
穂村　弘　野良猫を尊敬した日
堀川アサコ　幻　想　郵　便　局
堀川アサコ　幻　想　映　画　館
堀川アサコ　幻　想　日　記　店

堀川アサコ　幻想探偵社
堀川アサコ　幻想温泉郷
堀川アサコ　幻想短編集
堀川アサコ　幻想寝台車
堀川アサコ　幻想蒸気船
堀川アサコ　幻想商店街
堀川アサコ　大奥の座敷童子
堀川アサコ　おちゃっぴい〈大江戸八百八〉
堀川アサコ　月下におくる(上)(下)〈沖田総司青春録〉
堀川アサコ　芳《ほう》一《いち》
堀川アサコ　月夜彦
堀川アサコ　魔法使ひ
本城雅人　境界〈横浜中華街・潜伏捜査〉
本城雅人　スカウト・デイズ
本城雅人　スカウト・バトル
本城雅人　嗤うエース
本城雅人　贅沢のススメ
本城雅人　誉れ高き勇敢なブルーよ
本城雅人　シューメーカーの足音
本城雅人　ミッドナイト・ジャーナル
本城雅人　紙の城
本城雅人　監督の問題
本城雅人　去り際のアーチ〈もう一打席!〉
本城雅人　時代
堀川恵子　裁かれた命〈死刑囚から届いた手紙〉
堀川恵子　死刑の基準〈「永山裁判」が遺したもの〉
堀川恵子　永山則夫〈封印された鑑定記録〉
堀川恵子　教誨師
堀川恵子　戦禍に生きた演劇人たち〈演出家・八田元夫と「桜隊」の悲劇〉
堀川恵子／小笠原信之　チンチン電車と女学生〈1945年8月6日・ヒロシマ〉
誉田哲也　Qros《キュロス》の女
松本清張　草の陰刻
松本清張　黄色い風土
松本清張　黒い樹海
松本清張　連環
松本清張　花氷
松本清張　ガラスの城
松本清張　殺人行おくのほそ道(上)(下)
松本清張　塗られた本
松本清張　熱い絹(上)(下)
松本清張　邪馬台国　清張通史①
松本清張　空白の世紀　清張通史②
松本清張　カミと青銅の迷路　清張通史③
松本清張　天皇と豪族　清張通史④
松本清張　壬申の乱　清張通史⑤
松本清張　古代の終焉　清張通史⑥
松本清張　新装版　増上寺刃傷
松本清張　新装版　紅刷り江戸噂
松本清張　大奥婦女記〈レジェンド歴史時代小説〉
松本清張他　日本史七つの謎
松谷みよ子　ちいさいモモちゃん
松谷みよ子　モモちゃんとアカネちゃん
松谷みよ子　アカネちゃんの涙の海
眉村卓　ねらわれた学園
眉村卓　なぞの転校生
麻耶雄嵩　翼ある闇〈メルカトル鮎最後の事件〉
麻耶雄嵩　痾《あ》

麻耶雄嵩　メルカトルかく語りき
麻耶雄嵩　夏と冬の奏鳴曲《ソナタ》〈新装改訂版〉
麻耶雄嵩　神様ゲーム
町田　康　耳そぎ饅頭
町田　康　権現の踊り子
町田　康　浄土
町田　康　猫にかまけて
町田　康　猫のあしあと
町田　康　猫とあほんだら
町田　康　猫のよびごえ
町田　康　真実真正日記
町田　康　宿屋めぐり
町田　康　人間小唄
町田　康　スピンク日記
町田　康　スピンク合財帖
町田　康　スピンクの壺
町田　康　スピンクの笑顔
町田　康　ホサナ
町田　康　猫のエルは

舞城王太郎　煙か土か食い物〈Smoke, Soil or Sacrifices〉
舞城王太郎　世界は密室でできている。〈THE WORLD IS MADE OUT OF CLOSED ROOMS〉
舞城王太郎　好き好き大好き超愛してる。
舞城王太郎　イキルキス
舞城王太郎　短篇五芒星
舞城王太郎　私はあなたの瞳の林檎
舞城王太郎　されど私の可愛い檸檬
真山　仁　虚像の砦
真山　仁　新装版 ハゲタカ(上)(下)
真山　仁　新装版 ハゲタカII(上)(下)
真山　仁　レッドゾーン(上)(下)
真山　仁　グリード(上)(下)〈ハゲタカIV〉
真山　仁　ハーディ(上)(下)〈ハゲタカ2・5〉
真山　仁　スパイラル〈ハゲタカ4・5〉
真山　仁　シンドローム(上)(下)〈ハゲタカ5〉
真山　仁　そして、星の輝く夜がくる
真梨幸子　孤《こ》虫《ちゅう》症《しょう》
真梨幸子　深く深く、砂に埋めて
真梨幸子　女ともだち

真梨幸子　えんじ色心中
真梨幸子　カンタベリー・テイルズ
真梨幸子　イヤミス短篇集
真梨幸子　人生相談。
真梨幸子　私が失敗した理由は
松本裕士　兄弟〈追憶のｈｉｄｅ〉
円居　挽　丸太町ルヴォワール
円居　挽　烏丸ルヴォワール
円居　挽　今出川ルヴォワール
円居　挽　河原町ルヴォワール
円居　挽 原作 福本伸行　カイジ ファイナルゲーム 小説版
松岡圭祐　探偵の探偵
松岡圭祐　探偵の探偵II
松岡圭祐　探偵の探偵III
松岡圭祐　探偵の探偵IV
松岡圭祐　水鏡推理
松岡圭祐　水鏡推理II〈インパクトファクター〉
松岡圭祐　水鏡推理III〈パレイドリア・フェイス〉
松岡圭祐　水鏡推理IV〈アノマリー〉

2021年12月15日現在